RENCONTRO
literatura

Robert Louis Stevenson

O médico e o monstro

O estranho caso do Dr. Jekyll e Mr. Hyde

Tradução e adaptação em português de
Edla Van Steen

Ilustrações de
**Wanduir Duran e
Sylvia Wanderley**

editora scipior

Gerente editorial
Sâmia Rios

Editora
M. Beatriz de Campos Elias

Revisora
Gislene de Oliveira

Programador visual de capa e miolo
Didier Dias de Moraes

Diagramador
Fábio Cavalcante

Ilustração de capa
Wanduir Duran

Ilustração de miolo
Sylvia Wanderley

• ● •

Ao comprar um livro, você remunera e reconhece o trabalho do autor e de muitos outros profissionais envolvidos na produção e comercialização das obras: editores, revisores, diagramadores, ilustradores, gráficos, divulgadores, distribuidores, livreiros, entre outros.

Ajude-nos a combater a cópia ilegal! Ela gera desemprego, prejudica a difusão da cultura e encarece os livros que você compra.

• ● •

editora scipione

Avenida das Nações Unidas, 7221
Pinheiros – CEP 05425-902
São Paulo – SP

ATENDIMENTO AO CLIENTE
Tel.: 4003-3061

www.coletivoleitor.com.br
e-mail: atendimento@aticascipione.com.br

2022
ISBN 978-85-262-7755-7 – AL
CL: 737195
CAE: 249798
12.ª EDIÇÃO
10.ª impressão

Impressão e acabamento
Gráfica Paym

Dados Internacionais de Catalogação na Publicação (CIP)
(Câmara Brasileira do Livro, SP, Brasil)

Stevenson, Robert Louis, 1850-1894.

O médico e o monstro: o estranho caso do Dr. Jekyll e Mr. Hyde / Robert Louis Stevenson; adaptação em português de Edla Van Steen. – São Paulo: Scipione, 1997. (Série Reencontro literatura)

1. Literatura infantojuvenil I. Steen, Edla Van. II. Título. III. Série.

97-1744   CDD-028.5

Índices para catálogo sistemático:
1. Literatura infantojuvenil 028.5
2. Literatura juvenil 028.5

SUMÁRIO

Quem foi Stevenson? 5
1. A história da porta 7
2. Procurando Mr. Hyde 13
3. O Dr. Jekyll estava bem tranquilo 20
4. O caso do assassinato de Carew. 23
5. O incidente da carta. 27
6. O extraordinário incidente do Dr. Lanyon 32
7. Incidente à janela 36
8. A última noite 38
9. A narrativa do Dr. Lanyon. 50
10. Declaração completa de Henry Jekyll sobre o caso. ... 59
Quem é Edla Van Steen? 76

QUEM FOI STEVENSON?

Robert Louis Stevenson nasceu em Edimburgo, Escócia, em 1850, durante o reinado da rainha Vitória (1837-1901), época em que foi consolidado o triunfo da burguesia, depois das crises sociais da primeira metade do século XIX. Animada pela segunda Revolução Industrial e pela consequente expansão do império britânico, a ideologia vigente mascarava fortemente a realidade da exploração do homem pelo homem. Embora o progresso e a ciência fossem os *slogans* oficiais (importantes descobertas ocorreram nesse período, como a Teoria da Evolução, de Charles Darwin), a hipocrisia e a censura puritana caracterizaram esses tempos.

Inconformado com esse contexto, cresceu Stevenson, que era filho de um próspero engenheiro civil. Contrariando os desejos do pai, o jovem decidiu estudar Direito. Mas, apesar de ter chegado a se formar, nunca exerceu a profissão de advogado.

Quando tinha cerca de vinte anos, foi acometido de sérios problemas respiratórios, que o incomodariam até o fim de sua vida. Por essa razão, e também movido pelo espírito de aventura, viajou pela Europa e pela América. Foi nesse momento que se profissionalizou como escritor, passando a colaborar em alguns jornais.

Aos trinta anos, apaixonou-se por Fanny Osbourne, uma americana divorciada, mãe de dois filhos e dez anos mais velha do que ele. Casaram-se e foram para a Califórnia, nos Estados Unidos, uma região de clima mais favorável à sua saúde precária. Em 1888, partiram para um longo cruzeiro pelo Pacífico e acabaram estabelecendo-se três anos depois em Samoa, onde Stevenson morreu em 1894, cercado pelo respeito e carinho dos nativos daquelas ilhas, os quais defendeu da prepotência dos brancos.

Leitor apaixonado dos romances de Walter Scott e de Samuel Coleridge e dos contos de terror de Edgard Allan Poe, muitas de suas obras (mais de 150) revelam a influência desses autores.

Stevenson já havia escrito vários livros, como *Viagem pelo interior, Viagens num jumento nas Cevenas* (relatos de suas viagens) e *Will do moinho* (que contém traços autobiográficos), antes de optar pela ficção, com a qual ganhou notoriedade, principalmente por causa de *A ilha do tesouro* (1883), que renovou a tradição do romance de aventuras.

O médico e o monstro (1886) nasceu de um pesadelo. A intenção do escritor escocês era compor uma simples história de terror. Porém sua mulher percebeu que o tema possibilitava uma visão aprofundada dos conflitos da alma humana. Assim, a obra acabou adquirindo um grande valor alegórico, ao evidenciar as forças do bem e do mal presentes em nossa natureza. Sem dúvida, é um exemplo da originalidade da narrativa de Stevenson, determinada pelo equilíbrio entre a extraordinária fantasia e o estilo claro e preciso.

1
A história da porta

Apesar do jeito frio, seco e confuso ao falar, emitindo opiniões sempre retrógradas, do corpo comprido e magro, do ar sombrio e pouco atraente, Mr. Utterson, o advogado, sabia ser simpático. Severo consigo mesmo, reprimia o gosto pelos vinhos finos bebendo gim e, embora adorasse teatro, não punha os pés num há vinte anos. Mas, em relação aos outros, era tolerante. Admirava-se, às vezes quase com inveja, da compulsão que levava certas pessoas à prática de más ações. Os amigos podiam contar com ele em caso de aperto, pois aquele homem de cara amarrada, que nunca sorria, inclinava-se mais para a ajuda do que para a reprovação e preferia não fazer julgamentos. Suas afeições, como a hera, desenvolviam-se com o tempo, e prescindiam de cuidados especiais.

Uma coisa típica dos homens simples é aceitar que seu círculo social seja feito de gente da família ou conhecida há anos. Talvez isso explique a ligação curiosa do advogado com Mr. Richard Enfield, seu parente distante. Que um via no outro? Que interesses teriam em comum? Aqueles que os encontravam nas saídas dominicais garantiam que eles pouco se falavam, que pareciam até aborrecidos e bastava alguém surgir para que logo ficassem satisfeitos e aliviados.

Na verdade, os dois davam a maior importância aos passeios, considerando-os momentos preciosos da semana. Não apenas rejeitavam outra diversão, como chegavam a faltar a algumas obrigações.

Uma dessas caminhadas levou-os a uma rua pequena e calma de um bairro comercial de Londres. Os proprietários, todos prósperos, gastavam os lucros em obras de embelezamento, e as vitrinas das lojas, movimentadíssimas nos dias de semana, eram convidativas mesmo aos domingos, quando escondiam seus encantos. As portas recém-pintadas, os metais polidos e o aspecto geral de limpeza e alegria atraíam e agradavam imediatamente. Perto da esquina, à esquerda, a harmonia e o alinhamento rompiam-se com a entrada de uma estranha construção. Bem naquele lugar, uma casa sinistra projetava seu telhado sobre a rua. Tinha dois andares cegos, paredes descoloridas, e uma porta, descascada e cheia de bolhas, no térreo. Nenhuma campainha ou aldrava. Vagabundos deitavam-se no patamar, meninos conversavam nos degraus. Durante quase uma geração, no entanto, ninguém enxotou aqueles visitantes ocasionais e reparou seus estragos.

Mr. Enfield e o advogado andavam pela calçada oposta. Diante da construção, o primeiro ergueu a bengala e apontou:

– Já reparou naquela porta? – Notando que seu acompanhante respondesse afirmativamente, acrescentou: – Ela me lembra um caso curioso.

– É mesmo? – Mr. Utterson mudou brevemente de entonação. – Que caso?

"Vou contar. Eu vinha, no inverno, do fim do mundo, às três horas de uma escura madrugada. Era meu caminho passar por uma parte da cidade onde não se via literalmente nada, só os lampiões acesos, como numa procissão. Todos dormiam. Caí naquele estado de espírito de levar susto com o menor barulho, de ficar de orelha em pé e desejar, a qualquer preço, que aparecesse um policial. De repente, vi dois vultos: um sujeitinho que ia num passo apertado, em direção ao leste, e uma garotinha de uns oito ou dez anos, que ia chamar um médico para a família, e descia correndo, o quanto podia, uma rua transversal. Os dois chocaram-se na esquina. Aí vem o pior: o homem simplesmente pisou e pisoteou o corpo da menina, deixando-a no chão. Foi atroz. Aquilo era um monstro e não um homem. Dei um grito, e me apressei em agarrá-lo. Trouxe-o de volta ao lugar onde, a essas alturas, já havia pessoas ao redor da garota, que berrava. Tranquilo, o sujeito não ofereceu resistência, mas me lançou um olhar tão horrendo que suei frio. As pessoas eram parentes da menina, que tinha ficado mais assustada do que machucada – assegurou o médico, que chegou em seguida.

"A história poderia terminar aí, se não acontecesse outra coisa esquisita – Mr. Utterson e Mr. Enfield continuaram a andar.
– Eu senti aversão à primeira vista pelo sujeito e a família da garota, é óbvio, também. O médico – idade e aspecto indefinidos, forte sotaque de Edimburgo – que não tinha assistido a nada, sentia-se como nós. Cada vez que olhava para o meu prisioneiro, era visível que, pálido de raiva, tinha ganas de matá-lo. Eu sabia o que se passava na cabeça dele, e ele sabia o que se passava na minha. Matar, porém, estava fora de cogitação. Então, resolvemos punir o monstro, ameaçando fazer escândalo e enxovalhar seu nome de uma ponta a outra de Londres. Se tivesse amigos e reputação, faríamos com que os perdesse. As ameaças impediam que as mulheres, enfurecidas, se aproximassem dele. Eu nunca vira expressões tão cheias de ódio quanto naqueles rostos. E o homem, que – é claro – estava assustado, encarava a todos com uma expressão calma, debochada e ameaçadora.

– Se resolverem tirar proveito deste incidente, não terei como me defender – disse. – E não há quem não deseje evitar uma cena. Façam o preço.

"Conseguimos arrancar-lhe cem libras para a família da criança. Evidente que ele ia dar, por causa do nosso tom ameaçador. Feito o acordo, o próximo passo era obter o dinheiro. Sabe onde nos levou? Exatamente àquela porta. Tirou a chave do bolso, entrou e voltou com dez libras em ouro. O restante deu em cheque ao portador, do Banco Coutts, assinado por um nome que não posso revelar, embora seja um dos pontos-chave do caso. Um nome que aparece frequentemente na imprensa. A quantia era elevada, porém a assinatura, se verdadeira, valia muito mais. Tomei a liberdade de observar que aquilo parecia duvidoso, pois não é normal um homem entrar, às quatro da manhã, por uma porta e trazer um cheque de noventa libras. Ele continuava insensível e zombeteiro.

– Sosseguem. Ficaremos juntos até o banco abrir e eu mesmo descontarei o cheque.

"Fomos todos embora: ele, o doutor, o pai da menina e eu. Passamos o resto da noite em minha casa. No dia seguinte,

depois do café da manhã, nos dirigimos ao banco. Eu quis apresentar o cheque, tinha meus motivos para acreditar que era falso. Mas qual! Era bom."
Mr. Utterson se admirou.
– Vejo que sente o que eu senti – continuou Mr. Enfield. – Essa é realmente uma história macabra. O tal homem não era um desses sujeitos que se queira conhecer. E quem assinou o cheque é uma pessoa notória, um exemplo de decência, uma dessas figuras que são só bondade. Então... chantagem, pensei. Alguém pagando para esconder alguma extravagância da juventude.
Mr. Enfield mergulhou, por instantes, em seus pensamentos.
– O emitente do cheque mora ali?
– Não. Mora num outro lugar. Não sei qual, mas anotei o endereço dele.
– E a casa, informou-se sobre ela? – perguntou Mr. Utterson.
– Tenho meus escrúpulos. Fazer perguntas pode ser como uma pedra que se joga do alto de um morro e que provoca uma avalanche. A última pessoa em que se pensaria, um indivíduo digno, é atingido e... Quem sabe a família não tem que trocar de nome! Estabeleci para mim um princípio: em situações ou negócios obscuros não se fazem perguntas.
– Muito bem – afirmou o advogado.
– Estudei o lugar por conta própria – continuou Mr. Enfield.
– Não é uma residência. Não se vê outra porta e ninguém entra ou sai por aquela, salvo, de vez em quando, o sujeito de que estamos falando. Do outro lado, no andar de cima, há três janelas que dão para um pátio. As janelas permanecem sempre fechadas. Mas uma chaminé fumega normalmente. É possível que alguém more ali, portanto, apesar de ser difícil fazer uma afirmação dessa ordem. Em torno do pátio os prédios são todos tão grudados que nunca se sabe onde começa um e acaba o outro.
Os dois amigos caminharam em silêncio, até que Mr. Utterson exclamasse:
– Enfield, um bom princípio, o seu.
– Sim, acho que é.

– Apesar disso – continuou o advogado –, eu gostaria de saber o nome do homem que pisou a menina.
– Certo – disse Mr. Enfield –, não vejo mal nenhum em contar. Chama-se Hyde.
– Hum! Como é ele?
– Não é fácil descrever. Há alguma coisa errada nele, alguma coisa que causa aversão, sou franco em admitir. Nunca vi pessoa tão repulsiva, mas não sei dizer por quê. Ele deve ter alguma deformação, mesmo que eu não possa apontar nenhum detalhe especial, fora do comum... É um homem de aspecto insólito... Não dá pra entender, mas não consigo descrevê-lo. E não é por não me lembrar dele. Posso vê-lo nitidamente neste momento.
Mr. Utterson andou mais um pouco, quieto, pensando.
– Tem certeza de que ele usou uma chave naquela porta? – enfim perguntou.
– Ora essa, meu amigo! – Mr. Enfield exclamou.
– Certo... certo... Sei que pode soar estranho... Nem vou perguntar o nome completo do homem, porque já sei... Essa história me impressiona. Se você foi inexato em algum ponto, é melhor retificar...
– Você deveria ter me prevenido que sabia – replicou o outro, com um pouco de mau humor. – Fui absolutamente exato. O sujeito tinha uma chave. Para ser mais preciso: ele ainda a tem. Usou-a outra vez há menos de uma semana.
Mr. Utterson suspirou profundamente e não disse uma palavra.
– Arrependo-me de ter contado essas coisas. Quem manda ser linguarudo, não é? Vamos fazer um trato: esquecer o assunto, não mais falar nele.
– Concordo – disse o advogado. – Aperte aqui minha mão.

2
Procurando Mr. Hyde

Naquela noite, Mr. Utterson voltou deprimido para a sua casa de solteirão e comeu sem apetite. Era seu costume, aos domingos, sentar-se ao pé da lareira, depois do jantar, a ler algum árido volume de teologia, até o sino da igreja vizinha dar meia-noite, indo então para a cama. Naquela noite, porém, pegou um candelabro e foi para o gabinete de trabalho. Ali, abriu o cofre e, do canto mais escondido, retirou um envelope em que estava escrito: *Testamento do Dr. Jekyll*. O documento era de próprio punho e Mr. Utterson, embora o tivesse sob custódia, recusara-se a prestar colaboração no momento em que foi escrito. O testamento determinava não somente que, em caso de falecimento de Henry Jekyll, doutor em Medicina, bacharel em Direito, membro da Real Academia, etcétera, todos os seus bens deveriam passar às mãos do seu "amigo e benfeitor Edward Hyde", mas também que, em caso de seu "desaparecimento" ou "ausência inexplicada por um período superior a três meses", o referido Edward Hyde entraria imediatamente na posse de tudo, livre de qualquer obrigação, que não fosse a do pagamento de seus empregados.

Aquele documento, há muito tempo, era uma pedra no sapato do advogado, que gostava das coisas simples e normais e detestava excentricidades. O que mais o indignava: não saber quem era esse tal de Edward Hyde. Agora, diante dos acontecimentos, chegara o momento de descobrir.

Apagou a vela, pôs um pesado sobretudo e saiu em direção a Cavendish Square, onde seu amigo, o famoso Dr. Lanyon, morava e recebia os pacientes. "Se alguém sabe alguma coisa, esse alguém é Lanyon", pensou, temendo uma desgraça.

O solene mordomo recebeu-o cortesmente e, sem fazê-lo esperar, levou-o diretamente à sala de jantar. O Dr. Lanyon estava só, bebendo vinho. Era um cavalheiro cordial, bem-disposto, de cara vermelha, uma cabeleira prematuramente branca, e de maneiras ruidosas e decididas. Ao ver Mr. Utterson, levantou-se da cadeira e cumprimentou-o efusivamente com as duas mãos. A cordialidade podia parecer um pouco teatral, mas correspondia a um sentimento sincero. Os dois tinham sido colegas de escola e de universidade, respeitavam-se e gostavam da companhia um do outro.

Após um curto bate-papo, o advogado abordou o tema que o preocupava tanto.

– Eu acho, Lanyon, que você e eu somos os mais velhos amigos de Henry Jekyll, não é?

– Quem me dera esses amigos fossem mais moços – Dr. Lanyon riu. – Por quê? Não o tenho visto muito, ultimamente.

– É mesmo? Pensei que vocês estivessem ligados por interesses comuns.

– Estivemos – replicou o doutor. – Faz mais de dez anos, porém, que Henry Jekyll se tornou demasiado esdrúxulo para o meu gosto. Cada vez pior da cabeça. Continuo a interessar-me por ele, em nome dos bons tempos, como se diz, embora não o veja. Aqueles disparates anticientíficos – acrescentou, enrubescendo de repente – me ...

O pequeno desabafo aliviou Mr. Utterson. Deviam ter divergido sobre algum problema profissional, pensou. Nada grave.

– Você conhece, por acaso, um protegido dele, um tal de Hyde?

– Hyde? – repetiu Lanyon. – Não. Nunca ouvi falar.

Essa foi toda a informação que o advogado levou para a grande cama de madeira onde se virou a noite toda, de um lado para outro.

Uma noite cansativa; a cabeça não parou de trabalhar na escuridão. Seis horas soaram no carrilhão da igreja e ele ainda estava revolvendo o problema. Antes, ele tocava no seu aspecto intelectual; agora, a imaginação se punha a trabalhar. A história de Mr. Enfield desfilava no seu espírito como uma sequência de quadros iluminados. Ele imaginava os lampiões da cidade à noite; depois, o vulto de um homem caminhando rapidamente; em seguida, a silhueta de uma menina saindo a correr da casa do médico; daí os dois se encontravam e a besta humana pisoteava-a e continuava, insensível aos seus gritos. Ou via, num quarto da sua mansão, o Dr. Jekyll a dormir, rindo e sonhando. Súbito, as portas se escancaravam, o cortinado da cama era aberto, o amigo despertava, e lá estava, a seu lado, um vulto a quem foram outorgados certos poderes, devendo ele, apesar da hora tardia, levantar-se e cumprir suas ordens. O vulto dessas cenas assombrava o advogado a noite inteira. Se às vezes cochilava, via-o a esgueirar-se furtivamente pelas casas adormecidas, ou avançar rápido, mais rápido, até dar vertigem, através dos labirintos dos lampiões acesos, esmagando crianças em cada esquina e deixando-as a chorar. Faltava um rosto àquele vulto!

Foi assim que surgiu e cresceu na cabeça do advogado a curiosidade, quase excessiva, de ver o rosto do verdadeiro Mr. Hyde. Se ao menos uma vez pudesse pôr os olhos nele, o mistério se esclareceria. Talvez pudesse descobrir o motivo da estranha preferência (ou escravidão, tanto faz) de seu amigo Jekyll, inclusive das surpreendentes cláusulas do seu testamento. Era importante ver o rosto de um homem sem piedade, um rosto que bastava mostrar-se para despertar no impassível Enfield um sentimento de ódio duradouro.

Desde então, Mr. Utterson passou a rondar a porta da ruazinha de lojas. De manhã, antes do trabalho; ao meio-dia, na animação do comércio; de noite, sob a lua encoberta pela neblina da cidade. Um dia ou outro daria com ele, pensava.

A paciência foi, afinal, recompensada. Numa noite bonita e fria – ameaçava gear –, de ruas limpas como um assoalho de salão de baile, os lampiões, parados, desenhavam uma forma regular de luz e sombra. Por volta das dez, lojas fechadas, a rua, apesar do rumor surdo de Londres a envolvê-la, estava bastante silenciosa. Os menores ruídos eram ouvidos de longe, como os barulhos domésticos provenientes das casas, ou passos de algum transeunte.

Mr. Utterson, há alguns minutos em seu posto, percebeu um som esquisito de passos leves. No decorrer de suas vigílias noturnas, acostumara-se ao efeito singular dos passos de uma pessoa, distinguindo-os, mesmo a distância, do zumbido contínuo da cidade. No entanto, sua atenção jamais fora despertada de modo tão vivo e decisivo. Com uma forte e pressagiadora certeza de êxito, escondeu-se na entrada do pátio.

Os passos aproximavam-se rapidamente, tornando-se mais audíveis ao virarem a esquina. (O advogado, espiando da entrada, logo pôde ver com que tipo teria de tratar: baixote, modestamente vestido, desagradável. Mesmo daquela distância, inspirava forte antipatia!) O homem atravessou a rua e tirou uma chave do bolso, como fazem as pessoas que se aproximam de casa.

Mr. Utterson tocou-o no ombro.

– O senhor não é Mr. Hyde?

O outro recuou, ofegante. Mas o medo foi apenas momentâneo e, sem encarar o advogado, respondeu:

– Sim, sou. O que deseja?

Vejo que vai entrar – disse o advogado. – Sou um velho amigo do Dr. Jekyll: Utterson, da Gaunt Street. Já deve ter ouvido falar de mim. Aproveito a oportunidade para entrar também.

– Não vai encontrar o Dr. Jekyll. Ele não está em casa – replicou Mr. Hyde, enfiando a chave na fechadura e perguntando, de repente, sem erguer os olhos: – Como me conhece?

– Antes de responder, será que poderia me fazer um favor? – disse Mr. Utterson.

– Com prazer. Qual?

– Poderia deixar-me ver seu rosto?

Mr. Hyde pareceu hesitar. Afinal encarou-o com um ar de desafio. Por alguns segundos, os dois se entreolharam fixamente.

– Agora saberei reconhecê-lo – afirmou Mr. Utterson. – O que pode ser útil.

– É – retorquiu Mr. Hyde. – Foi bom termos nos encontrado. A propósito, guarde meu endereço – deu o número de uma rua, no Soho.

"Meu Deus", pensou Mr. Utterson, "será que ele também se lembrou do testamento?" Guardou para si a preocupação, murmurando um *obrigado*.

– Como me conhece? – o outro repetiu a pergunta.
– Por descrição.
– De quem?
– Temos amigos em comum – respondeu Mr. Utterson.
– Amigos comuns! – repetiu Mr. Hyde, um pouco roucamente. – Quais?
– Jekyll, por exemplo – disse o advogado.
– Ele não lhe contou nada! – gritou Mr. Hyde, vermelho de raiva. – Nunca pensei que fosse me mentir.
– Ora, vamos – disse Mr. Utterson –, isto não é jeito de falar.

O outro soltou uma gargalhada selvagem e, no instante seguinte, com extraordinária rapidez, abriu a porta e desapareceu dentro da casa.

O advogado permaneceu imóvel por algum tempo, a própria imagem da inquietação. Depois, subiu lentamente a rua, detendo-se de vez em quando, perplexo. Um problema sem solução. Mr. Hyde era pálido e nanico. Dava a impressão de uma deformidade sem ter nenhum defeito aparente. O sorriso era desagradável. Adotara diante do advogado uma mistura de timidez e de audácia. Falava com uma voz rouca, sussurrante e entrecortada. Características que, juntas, não podiam explicar o desagrado, a aversão e o medo com que Mr. Utterson o olhara.

"Deve haver alguma coisa a mais", pensou o perplexo advogado. "Alguma coisa que não sei definir. Que Deus me perdoe, mas aquele homem não parece humano. Pobre Henry Jekyll! Se um dia eu li a assinatura de Satã num rosto, foi no seu novo amigo."

Na esquina, havia um **square**, uma espécie de praça fechada, com belas casas antigas, em decadência, que iam sendo alugadas em apartamentos e quartos para todo tipo de gente:

desenhistas, arquitetos, advogados de má reputação, agentes de negócios escusos. Uma casa, porém, a segunda a partir da esquina, ainda estava sendo ocupada integralmente. Mr. Utterson deteve-se diante dela. Mantinha o ar de riqueza e conforto, embora estivesse às escuras, apenas com a luz da entrada acesa. Bateu à porta. Um criado bem-vestido, já idoso, abriu-a.
— Dr. Jekyll está, Poole? – perguntou o advogado.
— Vou ver, Mr. Utterson – respondeu Poole, fazendo a visita entrar numa saleta ampla e confortável, de pé-direito baixo, chão de cerâmica, aquecida, como as casas de campo, por uma lareira, e mobiliada com caros móveis de carvalho. – O senhor quer esperar aqui, perto da lareira, ou prefere que eu ilumine a sala de jantar?
— Espero aqui, obrigado – disse o advogado, aproximando-se da lareira.

Aquela saleta era a preferida do Dr. Jekyll. O próprio Utterson costumava se referir a ela como a mais agradável de Londres. Naquela noite, porém, o sangue gelava-lhe nas veias. O rosto de Hyde gravara-se pesadamente em sua memória. Experimentava – o que era raro – náuseas e desgosto pela vida. Deprimido, sentia-se ameaçado nas chamas bruxuleantes do fogo refletido nos móveis encerados e no movimento inquieto das sombras no teto. Envergonhou-se de seu alívio quando Poole, ao voltar logo, anunciou que o Dr. Jekyll saíra.

— Vi Mr. Hyde entrar pela porta da velha sala de anatomia, Poole – disse. – É correto isso, na ausência do Dr. Jekyll?
— É sim, Mr. Utterson – replicou o criado. – Mr. Hyde tem chave.
— O seu patrão confia muito naquele homem, Poole – tornou o outro, pensativamente.
— Exato, senhor. Nós todos temos ordens de obedecer-lhe.
— Será que já encontrei Mr. Hyde aqui? – perguntou Utterson.
— Ah, não, senhor. Ele nunca janta aqui – respondeu o mordomo. – Na verdade, não o vemos muito deste lado da casa. Em geral, ele entra e sai pelo laboratório.

– Bem, boa noite, Poole.
– Boa noite, Mr. Utterson.
E o advogado foi para casa com um peso no coração. "Pobre Henry Jekyll. Receio que esteja metido em apuros. Tão impulsivo na juventude! Mas a lei de Deus não conhece limites de idade. O fantasma de algum velho pecado, o câncer de alguma desgraça secreta... Deve ser isso. O castigo para um erro chega anos após a lembrança o ter esquecido, e o amor-próprio condenado."

Por causa dessa ideia, o advogado pôs-se a examinar o passado, temendo que, como numa caixa de surpresas, alguma antiga perversidade pulasse fora. Seu passado era irrepreensível. Pouca gente podia reler as páginas da vida sem remorsos. Mesmo assim, ele sentia-se coberto de vergonha pelas coisas erradas que fizera e dava graças por ter evitado tantas outras que esteve à beira de cometer.

"Se estudássemos esse Mr. Hyde", concluiu, "com certeza descobriríamos que ele também tem seus segredos. Negros segredos, a julgar pelo seu aspecto. A pior falta do pobre Jekyll seria um raio de sol perto de um erro dele. Chego a ficar gelado ao pensar nessa criatura esgueirando-se, como um ladrão, até a cama de Henry. Pobre Henry. Que despertar! E que perigo! Porque se esse Hyde suspeitar da existência do testamento, pode ficar impaciente para herdar! Preciso me mexer... Se Jekyll me deixar... Se Jekyll me deixar..."

E ainda uma vez lembrou-se nitidamente das estranhas cláusulas do testamento.

3

O Dr. Jekyll estava bem tranquilo

Quinze dias mais tarde, por sorte, o Dr. Jekyll deu um dos seus simpáticos jantares, convidando cinco ou seis amigos, todos homens inteligentes, de sucesso e amantes de bom vinho. Mr. Utterson deu um jeito de ficar, depois da partida dos outros. Não era um estratagema novo; sucedera muitas vezes: quem gostava de Utterson gostava para valer. O Dr. Jekyll não fugia à regra. Sabia que o discreto e silencioso advogado acalmaria o seu espírito, após tanta euforia. Olhando esse homem de cinquenta anos, rosto liso, grande, com uma expressão um pouco maliciosa, mas com todos os sinais de argúcia e bondade, que agora estava sentado do lado oposto da lareira, notava-se nitidamente que ele tinha por Mr. Utterson uma afeição sincera e profunda.

– Estava mesmo querendo falar com você, Jekyll – disse. – Lembra-se daquele testamento?

Um observador atento teria percebido que o assunto era delicado. O médico, porém, respondeu com bom humor.

– Ah, meu caro Utterson, que azar o seu ter um cliente como eu. Nunca vi ninguém tão preocupado, como você está, com um testamento. Igual mesmo só aquele pedante do Lanyon, com o que ele chama de minhas heresias científicas. Sei que ele é boa gente, claro, não precisa fazer essa cara. Excelente pessoa, gostaria de vê-lo com mais frequência. Mas é um pretensioso ignorante. Ignorante e espalhafatoso. Estou tão desapontado com Lanyon.

– Você sabe que não o aprovo – tornou Utterson, sem se importar com a observação.

– Meu testamento? Claro que sei – disse o doutor, com alguma rispidez. – Você já me falou.
– Então, repito – continuou o advogado. – Soube algumas coisas acerca desse rapaz, o Hyde.
O rosto bonito do Dr. Jekyll empalideceu, os lábios perderam a cor e uma sombra passou por seus olhos.
– Não quero ouvir mais nada sobre o assunto. Pensei que tivéssemos combinado isso.
– O que eu soube é horrível – afirmou Utterson.
– Não tem importância. Você não compreende a minha posição – replicou o doutor, de maneira um pouco incoerente.
– Estou numa situação delicada, Utterson, e muito estranha. Não adianta falar, porque não alteraria nada.
– Jekyll, você me conhece. Sou uma pessoa em quem se pode confiar. Desabafe comigo. Tenho certeza de que poderei tirá-lo de qualquer aperto.
– Meu querido Utterson – explicou o doutor –, é bondade sua. Nem sei como agradecer. Confiaria em você mais do que em mim mesmo, se pudesse fazer uma escolha. As coisas não são como imagina, nem tão ruins. Apenas para sua tranquilidade, digo que posso me livrar de Mr. Hyde no momento em que eu quiser. Palavra de honra. Obrigado. Não leve a mal, Utterson, esse é um assunto estritamente meu. Esqueça.
Utterson refletiu um instante, enquanto olhava o fogo.
– Você tem toda a razão – levantou-se.
– Muito bem. Falamos nisso pela última vez, espero – continuou o médico –, e queria que você entendesse o meu grande interesse por esse pobre Hyde. Sei que você o viu: ele me contou. Talvez ele tenha sido rude demais. Mas, sinceramente, aquele rapaz me interessa muito. Muitíssimo. Se eu vier a morrer, Utterson, quero que me prometa ser indulgente com ele, e assegure os seus direitos. Você faria realmente isso, se soubesse de tudo. Sua promessa me tirará um peso da consciência.
– Não espere que eu venha a gostar dele – disse o advogado.
– Não peço tanto – insistiu Jekyll, pondo a mão no braço

do outro. – Peço apenas para ser justo, e que o ajude, em consideração a mim, quando eu não estiver mais neste mundo.

Utterson não pôde reprimir um suspiro.

– Prometo.

4
O caso do assassinato de Carew

Passado quase um ano, no mês de outubro de 18..., Londres foi abalada por um crime de singular ferocidade e que se tornou ainda mais escandaloso pela alta posição social da vítima. Os pormenores eram poucos, porém terríveis. Uma empregada doméstica, que vivia sozinha numa casa perto do rio, subia para o seu quarto por volta das onze horas. Embora a cidade tivesse sido encoberta pela neblina, de madrugada, a noite toda o céu estivera limpo e o beco, para o qual dava sua janela, iluminado pela lua cheia. A moça, romântica, sentou-se sonhadora num baú que ficava junto à janela. Jamais (costumava dizer, em lágrimas, ao narrar a experiência) se sentira tão em paz com a humanidade e com a vida. Enquanto estava ali sentada, percebeu um homem idoso, de cabelos brancos, que vinha pelo beco. Ia ao seu encontro um outro homem, baixinho, em quem ela não prestou muita atenção inicialmente. Ao se aproximarem, o homem mais velho fez uma reverência e falou ao outro polidamente. Não parecia que dissesse coisas importantes. Pela maneira como apontava, podia estar perguntando que caminho tomar. A lua iluminava-o enquanto falava, e a moça gostou de olhar aquele rosto que transmitia uma bondade à antiga, uma certa altivez. Depois, viu o outro. E teve a surpresa de reconhecer Mr. Hyde, que visitara uma vez o seu patrão e lhe inspirara antipatia. Ele segurava uma grossa bengala, que girava nos dedos, e parecia nervoso. De repente, teve um tremendo acesso de cólera, bateu o pé, brandiu a bengala e comportou-se, segundo a empregada, como um maluco. O velho recuou, espantado e ofendido. Nisso, Mr. Hyde perdeu totalmente o controle e derrubou-o. Com uma fúria bestial pôs-se a pisotear a vítima, desferindo-lhe uma saraivada de golpes com a bengala. Podia-se ouvir os ossos quebrarem. O corpo saltava no chão. Horrorizada, a moça desmaiou.

Duas horas da manhã, voltou a si, e chamou a polícia. O assassino sumira, mas a vítima estava lá, no beco, incrivelmente machucada. A bengala, apesar de ser de uma madeira duríssima, partira-se ao meio, não resistindo à insana crueldade. Uma metade, rachada, rolara na sarjeta; a outra, sem dúvida o assassino levara. Encontraram na vítima um porta-moedas e um relógio de ouro, mas nenhum cartão ou documento, e um envelope fechado e selado, que talvez estivesse levando para o correio, no qual estavam escritos o nome e o endereço de Mr. Utterson.

O envelope foi entregue ao advogado naquele dia, antes mesmo que se levantasse. Mal o viu e soube do que acontecera, assumiu ar solene.

– Não direi nada enquanto não vir o corpo. Pode ser muito sério. Façam a gentileza de esperar eu me vestir – pediu Mr. Utterson.

Com a mesma expressão grave, tomou rapidamente o café da manhã e dirigiu-se à delegacia para onde o corpo fora levado.

– Sim, eu o conheço. Sinto dizer que é Sir Danvers Carew.

– Meu Deus! – exclamou o policial. – Será possível? – Os olhos brilharam, cheios de ambição profissional. – Isso vai ser um escândalo. Talvez o senhor possa nos ajudar a pegar o homem.

Em algumas palavras, relatou o que a empregadinha vira e mostrou a bengala quebrada.

Mr. Utterson sentira um frio no estômago ao ouvir o nome de Hyde, mas vendo a bengala, não pôde ter mais dúvidas: apesar de quebrada e danificada, reconheceu ser a mesma que ele próprio dera de presente, anos atrás, a Henry Jekyll.

– Esse Mr. Hyde é baixinho? – indagou.

– A moça disse que era particularmente baixo e mal-
-encarado.

– Mr. Utterson refletiu e, erguendo a cabeça, falou:
– Se o senhor quiser vir comigo, acho que poderei levá-lo à casa dele.

Eram cerca de nove da manhã, e a cidade estava imersa em neblina, como uma mortalha cor de chocolate. Enquanto o cavalo arrastava vagarosamente a carruagem pelas ruas, Mr. Utterson contemplava os extraordinários tons e matizes da alvorada, pois aqui estava escuro como a noite, e ali, avermelhado como se algo estranho reverberasse; lá, por alguns instantes, o nevoeiro quase se dissolvia e uma pálida luz diurna rompia as espirais enevoadas. Para o advogado, o lúgubre bairro do Soho, visto de relance, com suas ruas enlameadas, os transeuntes desleixados, os lampiões sempre acesos para combater a treva matinal, parecia um bairro de pesadelo. Os seus pensamentos, aliás, não eram menos tenebrosos. Olhando para o seu companheiro, sentiu um pouco daquele pavor que até as pessoas mais honestas têm dos policiais e da lei.

Chegando ao endereço indicado, o nevoeiro começara a subir e mostrava uma rua suja, com um bar popular, um restaurante francês ordinário, uma loja que vendia miudezas e verduras não muito frescas, crianças maltrapilhas amontoadas às portas das casas e mulheres de diferentes nacionalidades indo, chaves nas mãos, para o primeiro trago matinal. Logo após, a névoa marrom baixou novamente, isolando da vizinhança a casa do favorito de Henry Jekyll, o homem que herdaria uma fortuna.

Cabelos prateados e rosto muito pálido, uma senhora hostil, mas de bons modos, abriu a porta. Sim, ela confirmou, era a casa de Mr. Hyde. Ele não estava. Voltara tarde da noite e saíra há menos de uma hora. O que não causava estranheza: tinha hábitos bastante irregulares e ausentava-se com frequência. Por exemplo, ontem, fizera dois meses que não o via.

– Gostaríamos de visitar os aposentos dele – disse o advogado. E, como a mulher negasse permissão, acrescentou: – Acho melhor apresentar esse senhor. O inspetor Newcomen, da Scotland Yard.

Um brilho de satisfação apareceu no rosto da mulher.

– Ah! – exclamou. – Ele está com problemas. Que fez?

Mr. Utterson e o inspetor se entreolharam.
— Ele não deve ser muito querido — observou o último. — Escute, minha senhora, queremos apenas dar uma olhada.

Das inúmeras dependências da casa, Mr. Hyde ocupara só duas, mobiliadas com gosto e luxo. O armário estava cheio de garrafas de vinho, uma baixela de prata, e toalhas e guardanapos de boa qualidade. O belo quadro na parede podia, sem dúvida, ser presente de Henry Jekyll, que era entendido em pintura — supôs Utterson. Os tapetes, espessos e de cores harmoniosas.

Tudo fora, porém, recentemente revirado: roupas no chão, com bolsos para fora; gavetas abertas; na lareira, um monte de cinza, como se vários papéis tivessem sido queimados. O inspetor descobriu o canhoto de um talão verde de cheques, que resistira à ação do fogo. A outra metade da bengala foi encontrada atrás da porta. Confirmadas as suspeitas, o inspetor declarou-se satisfeito. Uma visita ao banco, onde vários milhares de libras tinham sido creditadas ao assassino, completou a satisfação.

— O homem está em minhas mãos — ele disse a Mr. Utterson. — Deve ter perdido a cabeça, para esquecer-se da bengala ou queimar o talão de cheques. O dinheiro é essencial, sempre. O que temos a fazer é esperá-lo no banco e distribuir uma ficha de identificação.

O que se tornou difícil, porque Mr. Hyde não conhecia quase ninguém. O patrão da empregadinha viu-o duas vezes. A família não foi descoberta em lugar nenhum. Não existiam fotos e as poucas pessoas que podiam descrevê-lo divergiam demais, como acontece com observadores comuns, concordando apenas num ponto: a impressão da indefinível deformidade do fugitivo.

5
O incidente da carta

Quase fim da tarde, Mr. Utterson bateu na porta do Dr. Jekyll e foi conduzido por Poole, através da cozinha e de um pequeno pátio, a uma construção chamada indiferentemente de laboratório ou sala de anatomia. O doutor comprara aquelas dependências dos herdeiros de um cirurgião célebre e, como preferia a química à anatomia, mudara a sua utilização. Pela primeira vez o advogado seria recebido naquela parte da residência do amigo. Observou, com curiosidade, a edificação suja e sem janelas, e olhou em torno com desagradável sensação de estranheza, ao atravessar o anfiteatro, outrora repleto de estudantes atentos, e hoje vazio e silencioso: as mesas foram entulhadas de aparelhos de química, o assoalho coberto de palha de embalagem e caixotes; uma luz baça entrava pela cúpula encardida.

Na extremidade oposta, um lance de escada dava acesso à porta, forrada de feltro vermelho, pela qual Mr. Utterson finalmente entrou no gabinete do médico: uma sala ampla, repleta de armários com portas de vidro. Entre outras coisas, havia um espelho e uma escrivaninha. Três janelas empoeiradas e protegidas por barras de ferro davam para o pátio. A lareira e um lampião estavam acesos, porque mesmo ali dentro havia nevoeiro.

Junto ao fogo, sentado, o Dr. Jekyll parecia bastante doente. Não se levantou para cumprimentar o visitante: estendeu a mão gelada e o saudou com voz esquisita.

– Então – disse Mr. Utterson assim que Poole saiu –, já sabe das notícias?

O doutor estremeceu.

– Estão gritando pelas ruas. Ouvi da sala de jantar.

– Uma coisa – alertou o advogado. – Carew também era

meu cliente. Quero ter certeza do que fazer. Você seria louco de esconder aquele sujeito?
– Utterson, juro por Deus – exclamou o médico –, juro que nunca mais quero vê-lo. Palavra de honra. Não quero mais nada com ele. Acabou tudo. Na verdade, ele não quer minha ajuda. E você não o conhece. Ele está a salvo, perfeitamente a salvo. Ouça o que eu digo: não se ouvirá mais falar dele.
O advogado escutava taciturnamente, inquieto com a veemência do amigo.
– Você está muito seguro disso. Em seu próprio interesse, espero que esteja certo. Se houver um processo, seu nome pode ser envolvido.
– Estou convencido – replicou Jekyll. – Minha certeza vem de razões que não posso revelar a ninguém. Mas preciso do seu conselho para uma coisa. Recebi uma carta e estou em dúvida se devo mostrá-la para a polícia. Gostaria de entregá-la a você, Utterson, para que julgue. Confio no seu bom-senso.
– Suponho que você tema que ela poderá levar Hyde à polícia, não é?
– Não. Não me preocupo com o que possa acontecer. Não tenho mais nada a ver com ele. Pensava na minha própria reputação, envolvida nesse caso abominável.
Utterson meditou um instante, surpreendido com o egoísmo do amigo e, ao mesmo tempo, aliviado.
– Certo, deixe-me ver a carta.
Numa letra curiosa, em pé, e assinada por Edward Hyde, o remetente escreveu, bastante lacônico, que seu benfeitor, o Dr. Jekyll, cujas inúmeras generosidades vinha desde há muito retribuindo de maneira tão indigna, não precisava alarmar-se quanto a sua segurança, pois ele tinha, para fugir, meios em que depositava toda a confiança.
O advogado apreciou a carta, que elucidava as relações entre os dois, e censurou-se pelas suspeitas.
– Você tem o envelope?
– Não – replicou Jekyll – queimei-o antes de perceber o que fazia. Não tinha carimbo, foi entregue em mãos.

– Quer que eu fique com ela e decida? – perguntou Utterson.
– Gostaria. Perdi a confiança em mim.
– Bem, vou pensar. Agora me diga: foi Hyde que ditou os termos do testamento, quanto à "ausência inexplicada"?

O médico ficou a ponto de desmaiar. Cerrou fortemente a boca e confirmou com a cabeça.

– Eu sabia – disse Utterson. – Você escapou da morte por um triz.

– Muito mais do que isso – ele replicou solenemente. – Recebi uma lição... Ah, meu Deus, Utterson, que lição – cobriu o rosto com as mãos.

Ao sair, o advogado deteve-se e trocou algumas palavras com Poole.

– Entregaram uma carta aqui, hoje. Como era o mensageiro?

Poole foi taxativo:

– Não chegou nada. Só impressos, pelo correio.

Os temores de Utterson renovaram-se. Claro que a carta viera pela porta do laboratório. Na verdade, podia ter sido escrita no gabinete. E, se assim fosse, toda cautela era pouca.

No caminho de casa, os vendedores de jornal gritavam nas calçadas.

– Edição especial! O horrível assassinato de um membro do Parlamento!

A oração fúnebre do seu amigo e cliente! E sentiu uma certa apreensão de que a reputação de Jekyll realmente viesse a ser manchada com o escândalo. A decisão que devia tomar era, no mínimo, delicadíssima. Embora normalmente fosse seguro, o advogado ansiava por um conselho. Não podia pedi-lo diretamente. Porém, por vias indiretas...

Dali a pouco, sentava-se ao lado da lareira, de frente para seu auxiliar, Mr. Guest. Entre ambos, a uma distância do fogo cuidadosamente calculada, uma garrafa de um vinho especial, há anos conservada na adega, ao abrigo da claridade. Lá fora, a cidade com seus lampiões de luz mortiça, encoberta pelo nevoeiro.

O advogado guardava pouquíssimos segredos de Mr. Guest. Menos do que deveria, talvez. Ele fora inúmeras vezes, a trabalho, à casa do Dr. Lekyll. Conhecia Poole. Dificilmente desconheceria a familiaridade de Hyde com o médico. Acabaria tirando conclusões. Quem sabe seria melhor mostrar-lhe a carta esclarecedora do mistério? Além do mais, sendo Guest estudioso de grafologia, não consideraria a consulta natural e cortês? O auxiliar era bom conselheiro. Não leria um documento estranho, sem tecer comentários. Mr. Utterson poderia definir suas atitudes futuras.

– Que triste história, essa de Sir Danvers.

– De fato. Suscitou grande emoção nas pessoas. Obviamente, o criminoso era louco.

– Dê-me sua opinião – disse Utterson. – Tenho um documento e não sei o que fazer com ele. Um assunto delicado que deverá ficar entre nós. Assunto da sua especialidade. É um manuscrito do assassino.

Os olhos de Guest se iluminaram. Estudou a carta com paixão.

– Não, não se trata de um doente mental, mas é uma caligrafia estranha.

– E, sob todos os aspectos, o dono dela é também muito esquisito – acrescentou o advogado.

Nesse instante, o criado entrou com uma correspondência.

– É do Dr. Jekyll? – Guest perguntou. – Acho que reconheci a letra. Coisa particular, Mr. Utterson?

– Apenas um convite para jantar. Por quê? Quer ver?

– Um momento.

Ele colocou as duas folhas juntas e comparou-as diligentemente.

– Muito obrigado – disse, enfim, devolvendo ambas. – É um manuscrito interessante.

Silêncio. Mr. Utterson lutou consigo mesmo.

– Por que você os comparou, Guest?

– É que há uma semelhança bastante curiosa. As caligrafias são idênticas, sob vários aspectos. A única diferença está na inclinação.

– Que estranho – comentou Mr. Utterson.
– Como o senhor disse, é muito estranho – tornou Guest.
– Peço-lhe para não falar sobre isso, está bem?
– Pois não, doutor. Compreendo.

Assim que ficou a sós, aquela noite, Utterson trancou a carta no cofre. "Imagine", pensou, "Henry Jekyll forjando papéis para favorecer um assassino!"
O sangue gelou em suas veias.

6
O extraordinário incidente do Dr. Lanyon

Passou o tempo. Milhares de libras foram oferecidas em recompensa, porque o assassinato de Sir Danvers foi tomado como ofensa pública. Mr. Hyde sumira dos olhos da polícia, como se não tivesse existido. No entanto, muito de sua vida pregressa foi desenterrado, tudo contra sua reputação. Transpiraram versões sobre a sua crueldade, o caráter insensível e violento; sobre a depravação, as más companhias, o ódio que despertava. Nenhuma palavra sobre o possível paradeiro. Devagar, Mr. Utterson recuperava-se de suas inquietações. A morte de Sir Danvers, no seu entender, estava sendo paga com o desaparecimento de Mr. Hyde. Afastada a maléfica presença, principiavam novos dias para o Dr. Jekyll. Saiu do isolamento, reatou relações com os amigos, voltou a ser o anfitrião fino, o convidado imprescindível. Ele, que sempre se distinguira pela caridade, agora era respeitado pela religiosidade. Trabalhava com afinco, o rosto alegre, convencido da utilidade dos seus serviços. Durante mais de dois meses, o médico viveu em paz.

No dia oito de janeiro, Utterson jantou, com um pequeno grupo, na casa de Jekyll. Lanyon estava presente. O anfitrião olhava para ambos como nos bons tempos em que o trio de amigos era inseparável. No dia doze e, outra vez, no dia quatorze, porém, o advogado não foi recebido.

– O doutor está recolhido – explicou Poole. – Não quer ver ninguém.

Dia quinze tentou de novo e foi recusado. Como se acostumara a ver Jekyll quase diariamente, nos últimos sessenta dias, Utterson preocupou-se com aquela volta ao isolamento. Na quinta, à noite, Guest veio jantar e, na sexta, o advogado foi à casa de Lanyon, onde ninguém o impediu de entrar.

Levou um susto. Como o médico estava mudado! A sentença de morte impressa na testa. O homem de faces rosadas tornara-se pálido, emagrecera, ficara mais calvo e mais velho. E o que impressionava mesmo, além da decadência física, era a expressão, atestando um estado de espírito de grande terror. Ainda que improvável, Utterson suspeitou que Lanyon temesse a morte. "Ele é médico", pensou. "Deve estar consciente da doença, sabe que seus dias estão contados, e não pode suportá-la." Comentou com o amigo o seu aspecto doentio. Foi com um ar de grande firmeza que Lanyon declarou estar condenado.

– Nunca vou me recuperar de um choque que tive – disse. – É uma questão de semanas. Afinal, até que viver foi agradável. Gostei. Sim, meu caro, gostei. Às vezes penso que, se soubéssemos tudo, ficaríamos contentes de ir embora deste mundo.

– Jekyll também está doente – observou Utterson. – Você o tem visto?

A fisionomia de Lanyon alterou-se. Ele ergueu a mão trêmula.

– Não quero mais ver nem ouvir falar do Dr. Jekyll – gritou. – Rompi totalmente com essa pessoa e peço-lhe que me poupe de qualquer outra alusão a alguém que considero morto.

– Ora essa – exclamou Utterson. Após uma longa pausa, indagou: – Posso fazer alguma coisa? Somos três velhos companheiros, Lanyon. Não viveremos o bastante para sedimentar novas amizades.

– Ninguém pode fazer nada – retorquiu Lanyon. – Pergunte a ele.

– Ele não quer me receber – disse o advogado.

– Não me espanto com isso. Um dia, Utterson, depois que eu morrer, você talvez venha a conhecer toda a história. Por enquanto, não posso contar. Se não puder evitar esse maldito assunto, que eu não suporto, então, em nome de Deus, vá embora.

Ao chegar em casa, Utterson escreveu a Jekyll, queixando-se e perguntando a causa daquela infeliz ruptura com Lanyon. No dia seguinte, recebeu uma longa resposta, escrita em tom frequentemente patético e, às vezes, misterioso.

"Não culpo nosso velho amigo", escrevia Jekyll, "mas compartilho sua opinião de que não devemos mais nos encontrar. Pretendo levar, daqui para a frente, uma vida de extrema reclusão. Não se surpreenda, nem duvide da minha afeição, se a minha porta estiver fechada inclusive para você. Aceite que eu siga meu negro caminho. Atraí um castigo e um perigo que não posso revelar. Se sou o maior dos pecadores, também sou o maior dos sofredores. Não pensei que, na Terra, houvesse lugar para dores e terrores tão desumanos. O que você pode fazer, Utterson, para aliviar essa sina, é respeitar o meu silêncio."

Utterson ficou estarrecido. A má influência de Hyde fora afastada, e o médico voltara às suas antigas ocupações e amizades. Há uma semana, sorria-lhe a perspectiva promissora de uma velhice feliz e honrada. De um momento para outro, a paz de espírito e o sentido da vida arruinavam-se. Mudança tão grande e inesperada o fazia pensar em loucura. As maneiras e as palavras de Lanyon sugeriam uma razão mais profunda.

Dali a uma semana, o Dr. Lanyon caía de cama e, em

pouco menos de quinze dias, faleceu. Na própria noite do funeral, Utterson, ainda abatido, fechou-se em seu gabinete. À luz de uma vela melancólica, sentou-se com um envelope sobrescritado e lacrado pela mão do falecido amigo.

O sobrescrito dizia, enfaticamente: "**Confidencial**: a ser entregue **unicamente** a J. G. Utterson. Caso ele venha a morrer antes de mim, **destruir sem ler**". O advogado teve medo do conteúdo: "Enterrei um amigo hoje", pensou. "E se isto me custar outro?"

Rapidamente condenou seu temor; seria uma deslealdade, e quebrou o lacre. Dentro havia outro envelope, igualmente lacrado, em que estava escrito: "Não deve ser aberto até a morte ou o desaparecimento do Dr. Henry Jekyll". Utterson não acreditava no que via. Sim, era "desaparecimento" que estava escrito. Novamente a mesma palavra e o nome de Henry Jekyll apareciam ligados. Só que, no testamento, que há muito ele devolvera ao autor, a ideia partira de Hyde, com um horrível e óbvio propósito. Escrita por Lanyon, que significaria? Utterson ficou curioso. Sentia-se tentado a desconsiderar a proibição e mergulhar imediatamente no mistério. No entanto, a integridade profissional e a fidelidade foram mais fortes, e o envelope esperaria no canto mais escondido do seu cofre particular.

Uma coisa é reprimir a curiosidade, outra é vencê-la. Daquele dia em diante, o advogado não mais desejou a companhia de Jekyll com a mesma avidez. Pensava nele carinhosamente, mas cheio de inquietação e temor. Ia visitá-lo, é claro, porém sentia-se aliviado em não ser recebido. Talvez, no íntimo, preferisse conversar com Poole, na soleira da porta, do que entrar naquele cativeiro voluntário e conversar com seu inescrutável recluso. Poole, infelizmente, não tinha novidades agradáveis a contar. O médico parecia mais confinado do que nunca em seu laboratório, onde, às vezes, chegava a dormir. Andava deprimido, calado, não lia mais, como se algo lhe pesasse no espírito. Utterson habituou-se tanto ao caráter invariável dessas informações, que foi espaçando as visitas.

7
Incidente à janela

Por acaso, num domingo, nos costumeiros passeios, Utterson e Mr. Enfield acabaram andando pela tal rua. Diante da porta, ambos pararam.
— Enfim, aquela história acabou — disse Enfield. — Não mais veremos Mr. Hyde.
— Tomara — exclamou Utterson. — Já contei que eu o vi, um dia, e que tive também um sentimento de repulsa por ele?
— Acontece com todo mundo — replicou Enfield. — Aliás, você devia ter me achado um boboca por não saber que esta porta dava para os fundos da casa do Dr. Jekyll. Descobri isso, em parte, com a sua reação.
— Então você descobriu? — tornou Utterson. — Sendo assim, podemos dar uma olhada nas janelas, pelo pátio. Estou preocupado com o pobre do Jekyll. Mesmo daqui, de fora, ele pode se sentir bem com a presença de um amigo.

O pátio era frio, úmido e escuro, apesar de que a claridade do crepúsculo ainda brilhasse no céu. Pela janela do meio, entreaberta, Utterson viu Jekyll, sentado com ar de infinita tristeza. Parecia um pouco desconsolado.
— Olá, Jekyll — gritou o advogado. — Espero que esteja melhor.
— Eu me sinto muito fraco, Utterson — replicou o médico, melancolicamente. — Muito fraco. Tudo vai acabar logo, graças a Deus.
— Você fica sempre trancado em casa. Precisa sair, ativar a circulação, como Mr. Enfield e eu. A propósito, este é meu primo, Mr. Enfield... Vamos, pegue seu chapéu e venha dar uma volta conosco.
— É muita gentileza de vocês — suspirou o outro. — Eu gostaria tanto. Mas é impossível. Não ouso. Acredite, Utterson,

fico contente em ver você, é realmente um prazer. Eu os convidaria a subir, se este lugar fosse adequado.
– Neste caso – disse o advogado, de bom humor –, conversaremos daqui com você.
– Era exatamente o que eu ia propor – retorquiu o médico, com um sorriso.

Mal pronunciou essas palavras, porém, o sorriso desapareceu do seu rosto e, por uma fração de segundos, foi substituído por uma expressão de terror e desespero tão grandes, que os dois cavalheiros, embaixo, sentiram o sangue parar. Imediatamente, a janela fechou. Era demais. O advogado e o primo deram meia-volta, saíram do pátio, calados, e atravessaram a rua.

Andaram até um lugar em que, inclusive aos domingos, havia sinal de vida. Mr. Utterson virou-se e encarou o companheiro. Ambos estavam pálidos e estupefatos.
– Deus nos perdoe! Deus nos perdoe! – exclamou o advogado.
Mr. Enfield apenas confirmou, sério, com a cabeça. E eles continuaram a caminhar, em silêncio.

8
A última noite

Mr. Utterson estava sentado junto da lareira, depois do jantar, quando teve a surpresa de receber a visita de Poole.

– Que o traz aqui, homem de Deus? – perguntou. – Que é que você tem? O doutor está doente?

– Mr. Utterson – respondeu Poole –, há algo errado.

– Sente-se. Tome um copo de vinho. E me conte tudo devagar.

– O senhor conhece o jeito do doutor – começou Poole –, sabe como ele vive trancado. Pois é, ele tornou a se fechar no gabinete, e eu não estou gostando nada disso. Juro, não estou gostando nem um pouco. Mr. Utterson, eu estou com medo.

– Seja mais explícito, Poole. Receia o quê?

– Faz uma semana que ando com medo – ele prosseguiu, ignorando obstinadamente a pergunta. – Não aguento mais.

A fisionomia confirmava plenamente suas palavras. O homem estava nervoso. Não ergueu uma vez os olhos para o advogado, salvo ao anunciar-lhe, pela primeira vez, o seu terror. Naquele instante preciso, sentado com o copo de vinho, intocado, no joelho, fixava um ponto do assoalho.

– Não aguento mais – repetiu.

– Vamos, Poole – disse o advogado. – Vejo que há alguma coisa errada. Tente me contar o que é.

– Acho que houve um crime – murmurou Poole, com a voz rouca.

– Um crime!? – exclamou o advogado, surpreso e com alguma irritação. – Que crime?

– Nem me atrevo a contar. O senhor quer vir comigo e ver com os seus próprios olhos?

Em resposta, Mr. Utterson se levantou, vestiu o sobretudo e pôs o chapéu, enquanto observava, espantado, o alívio que transparecia na fisionomia do mordomo, que nem tocara no vinho.

Era uma noite inclemente e fria, típica do mês de março, uma lua pálida e deitada, como se o vento a tivesse tombado, e nuvens esvoaçantes, com uma textura diáfana de organza. O vento, que dificultava a conversa, parecia ter varrido os transeuntes, tão vazias estavam as ruas. Mr. Utterson reconheceu que jamais vira aquela parte de Londres tão deserta. Ele preferia que fosse diferente. Sentia desejo de ver, de tocar seus semelhantes, porque, por mais que tentasse impedir, nascia dentro dele o pressentimento de uma desgraça. Na praça, notaram que o vendaval vergava as árvores contra a cerca que as protegia. Poole, que viera todo o caminho alguns passos na frente, deteve-se no meio da calçada e, apesar do frio cortante, tirou o chapéu e enxugou a testa com um lenço vermelho. Não era a transpiração pelo esforço físico que secava, mas o suor frio da angústia: o rosto, lívido e a voz, estridente e entrecortada.

– Pronto, chegamos. Tomara que não tenha acontecido nada de errado.

– Amém! – desejou o advogado.

Poole bateu discretamente à porta, presa por uma corrente de segurança, que apenas entreabriu. Uma voz perguntou de dentro:

– É você, Poole?

–– Sou. Abra.

Tudo estava iluminado. O fogo crepitava na lareira, os outros empregados, homens e mulheres, se agrupavam como um rebanho de ovelhas. Ao dar com Mr. Utterson, a arrumadeira pôs-se a chorar histérica. E a cozinheira, gritando "Louvado seja Deus, é Mr. Utterson!", correu em sua direção, como se fosse abraçá-lo.

– Que há? Todos aqui... por quê? Que inconveniência! Seu patrão não ficaria nada satisfeito.

– Estão com medo – disse Poole.

Seguiu-se pesado silêncio. Ninguém protestou. Mas a arrumadeira elevou a voz e pôs-se a chorar alto.

— Cale a boca — gritou Poole, os nervos à flor da pele.

De fato, o choro fez todos estremecerem e olhar para uma porta.

— Dê-me uma vela — continuou o mordomo, dirigindo-se para o copeiro. — Vamos acabar logo com isso.

E pediu a Mr. Utterson que o acompanhasse.

— Agora, doutor, procure caminhar sem fazer barulho. Quero que o senhor ouça, sem ser percebido. E, por favor, se acaso ele disser que entre, não vá.

Mr. Utterson ficou tão abalado com a observação que quase perdeu o equilíbrio. Mas rapidamente recobrou-se e seguiu o mordomo pelo laboratório. Atravessaram o anfiteatro de anatomia, atravancado de caixotes e frascos, e pararam ao pé da escada. Poole fez-lhe sinal para escutar, enquanto, tomando coragem, pôs de lado o castiçal, subiu os degraus e bateu, hesitante, no feltro vermelho da porta do gabinete.

— Mr. Utterson deseja vê-lo, doutor — fez mais um sinal veemente para que o advogado escutasse.

Uma voz respondeu, lá de dentro, dolorosamente:

— Diga-lhe que não posso receber ninguém.

— Sim, senhor — disse Poole, com uma nota de triunfo na voz. E, pegando o castiçal, levou Mr. Utterson de volta, pela cozinha, com o fogo apagado, besouros saltando no chão.

— Doutor — Poole fitou-o nos olhos —, que achou da voz do meu patrão?

— Parece muito mudada — replicou o advogado, pálido, retribuindo o olhar.

— Mudada? E como! — exclamou o mordomo. — Trabalho nesta casa há vinte anos para me enganar quanto à voz do meu patrão. Ele foi assassinado. Morto há oito dias. Nós o ouvimos gritar e implorar. *Quem* está lá e *por que*, só Ele sabe, Mr. Utterson.

— Que história mais esquisita, Poole. Mais extravagante — disse Mr. Utterson, apertando o dedo com os lábios. — Admitindo que seja como você supõe, que o Dr. Jekyll tenha sido... bem, que tenha sido assassinado, o que faria o assassino permanecer aqui? Não faz sentido, não tem lógica.

– O senhor é um homem difícil de convencer, Mr. Utterson, mas vou tentar. Durante toda a semana passada, precisa saber disso, o homem ou o bicho, seja lá o que esteja naquele gabinete, não parou de pedir, dia e noite, um produto químico. Às vezes, meu patrão costumava escrever o que queria num pedaço de papel, que era jogado na escada. A semana inteira não vimos outra coisa: os papéis e a porta sempre fechada. A comida que deixávamos lá era apanhada quando ninguém estava por perto. Pois bem, Mr. Utterson, diariamente... que digo eu? Duas ou três vezes por dia havia pedidos e reclamações! Fui mandado a todos os fornecedores de produtos farmacêuticos da cidade. Toda vez que eu trazia a substância química vinha um bilhete mandando devolver, por não ser pura, e a encomenda de outra para uma nova firma. Seja para o que for, o doutor necessita muito da tal droga.

– Você tem algum desses bilhetes? – perguntou Mr. Utterson.

Poole meteu a mão no bolso e tirou um, amarrotado. Aproximando-se da vela, o advogado examinou-o cuidadosamente. "O Dr. Jekyll envia seus cumprimentos aos Srs. Maw, garantindo que sua última amostra é impura, não podendo ser usada para os devidos fins. Em 18..., o Dr. J. comprou uma quantidade razoavelmente grande aos senhores M. Ele solicita, por esta, o obséquio de procurar com a maior atenção se ainda resta um produto da mesma qualidade e sua remessa imediata. O custo não importa, pois sua utilidade para o Dr. Jekyll é incalculável." Até aqui, o bilhete fora escrito de maneira bastante serena, mas neste ponto, com um súbito respingo de tinta, a emoção veio à tona: "Pelo amor de Deus", acrescentara, "arranjem-me um pouco do antigo produto".

– Que bilhete estranho! – disse Mr. Utterson. E, virando-se para Poole, com ar severo: – Que explicações tem de que esteja aberto?

– É que o homem da Maw ficou furioso e atirou-me de volta o papel, como se fosse uma imundície – respondeu ele.

– Não há a menor dúvida de que é a letra do doutor, não acha?

– Pensei que fosse parecida – afirmou Poole, meio contrariado. Contudo, logo mudou de tom: – Que importância tem a letra, se eu o vi?
– Você o viu?! – exclamou Mr. Utterson. – E então?
– Vou contar ao senhor. Eu entrei, de repente, no anfiteatro, vindo do jardim. Acho que ele procurava, escondido, a droga, porque a porta do gabinete ficou aberta e ele estava remexendo nos caixotes. Assim que eu entrei, ele ergueu os olhos, deu uma espécie de grito e subiu à toda. Não o vi mais de um minuto, mas foi o suficiente para eu ficar de cabelo em pé. Se aquele era o meu patrão, Mr. Utterson, por que estava com uma máscara? Se era meu patrão, por que gritou feito um rato e fugiu correndo de mim? E, depois... – Poole parou de falar e passou a mão no rosto.
– Todas essas situações são anormais – disse Mr. Utterson. – Mas acho que começo a entender. O seu patrão, Poole, está sofrendo, evidentemente, de uma dessas doenças que deformam e torturam o doente. Isso talvez explique a alteração da voz e a máscara, o motivo de evitar os amigos e a ânsia para encontrar a droga com a qual o coitado ainda tem esperança de curar-se. Tomara Deus consiga. Essa é minha triste, aterradora, simples, natural e coerente explicação, Poole. Não devemos nos alarmar.
– Mr. Utterson – replicou o mordomo, empalidecendo –, aquela coisa não era o meu patrão. Na verdade, meu patrão... – olhou de um lado para outro e sussurrou – é alto, forte, e o que eu vi era uma espécie de anão.
O advogado quis protestar, mas Poole continuou:
– Ora, o senhor acha que não conheço meu patrão, depois de vinte anos? Que não sei a que altura da porta do gabinete atinge a cabeça dele, eu que o vi ali a minha vida toda? Não, senhor, aquela coisa com a máscara nunca foi o Dr. Jekyll. Deus sabe o que era. De coração, estou convencido de que ele foi assassinado.
– Poole – replicou o advogado –, se você garante, é meu dever certificar-me. Por mais que eu deseje respeitar os sentimentos do seu patrão, por mais perplexo que eu esteja com

esse bilhete, para provar que ele ainda está vivo considero meu dever arrombar a porta do gabinete.

— Assim é que se fala, Mr. Utterson — exclamou o mordomo.

— E quem vai arrombar? Aí está o problema — prosseguiu o advogado.

— O senhor e eu! — foi a intrépida resposta.

— Aconteça o que acontecer, assumirei o compromisso de não permitir que você seja prejudicado, Poole.

— Há um machado no anfiteatro — disse o mordomo. — O senhor pode pegar este ferro de atiçar brasas.

O advogado pegou o instrumento rudimentar, sopesando-o.

— Poole — disse —, sabe que vamos nos colocar numa situação relativamente delicada?

— Concordo.

— É bom que sejamos francos — continuou Utterson — e falemos claro. Aquele personagem mascarado, você o reconheceu?

— Olhe, Mr. Utterson, ele ia tão depressa e tão encurvado... Se o senhor estiver pensando em Mr. Hyde... Sim, acho que era ele! Mais ou menos do mesmo tamanho e passo ligeiro. Além disso, quem mais poderia entrar pela porta do laboratório? O senhor sabe que ele tem a chave... Aquele crime... O senhor por acaso já viu Mr. Hyde?

— Falei com ele uma vez.

— Deve saber, então, como nós, que há algo de esquisito com aquela pessoa... Algo que assusta a gente... Não sei explicar direito... Só sei que dá um frio na espinha.

— Confesso que senti algo semelhante ao que você descreveu — afirmou o advogado.

— Não disse, Mr. Utterson? Pois é, quando aquela coisa mascarada pulou feito um macaco no meio das caixas de produtos químicos e subiu para o gabinete rápido daquele jeito, minha espinha gelou. Eu sei que isso não é prova, mas tenho meus pressentimentos e sou capaz de jurar sobre a bíblia que era Mr. Hyde.

— Ai! — suspirou o advogado. — É o que eu temia... Aquela

ligação só podia dar em desgraça. Acredito no que você diz, que o seu pobre patrão foi assassinado. E que o assassino ainda está escondido lá no gabinete dele. Vamos resolver, vingar essa morte. Chame Bradshaw.

O empregado apareceu, pálido e inquieto.

– Acalme-se, Bradshaw! – disse o advogado. – Sei que esse suspense está deixando todo mundo perturbado. Acabaremos logo com isso. Poole e eu vamos arrombar a porta do gabinete. Minhas costas são largas para suportar as consequências. No entanto, para evitar dissabores e que algum malfeitor tente escapar pelos fundos, você e o copeiro deem a volta, e com porretes, vigiem a porta do laboratório. Vocês têm dez minutos para se colocar nos seus postos.

Utterson pegou o seu atiçador de fogo e saiu, seguido pelo mordomo. A lua estava coberta por um véu de nuvens movediças e a noite, escura. O vento, soprando sobre o poço profundo em que se transformara o pátio, fez dançar a chama da vela até eles se abrigarem no anfiteatro, onde, calados, se sentaram, à espera. O murmúrio de Londres, ao longe. Ali dentro, o silêncio era rompido apenas pelo som de passos que se moviam de um lado para outro no gabinete.

– Aquilo anda assim o dia inteiro – sussurrou Poole. – E a maior parte da noite também. Para ao chegar a amostra do farmacêutico. Só quem tem a consciência pesada é incapaz de descansar, Mr. Utterson. Cada passo desses deixa rastros de sangue. Escute, ouça com o coração: esse é o andar do doutor?

Os passos eram ligeiros, irregulares e, por menos apressados que fossem, transmitiam uma certa impetuosidade, bem diferentes do andar pesadão e desajeitado de Henry Jekyll. O advogado suspirou.

– Nunca se ouve mais nada? – indagou.

Poole sacudiu a cabeça:

– Uma vez, ouvi um choro.

– Um choro? – perguntou Mr. Utterson, com súbito arrepio de horror.

– Chorava como uma mulher, ou uma pessoa desesperada – respondeu o mordomo. – Aquilo mexeu comigo, quase que eu chorava também.

Os dez minutos terminaram. Poole tirou o machado de um monte de palha. O castiçal foi posto numa mesa. Os dois prenderam a respiração e se aproximaram da porta: os passos, incessantes, iam e vinham.

– Jekyll! – gritou Utterson. – Quero ver você! – Calou-se um instante, mas não obteve resposta. – Advirto-o francamente que suspeitamos de alguma coisa, por isso precisamos falar pessoalmente. Por bem ou por mal, com seu consentimento ou à força!

– Utterson! – respondeu a voz. – Pelo amor de Deus, tenha piedade!

– Ah, não é a voz de Jekyll, mas a de Hyde! – exclamou o advogado. – Derrube a porta, Poole!

O mordomo ergueu o machado acima do ombro. O golpe estremeceu a casa e abalou as dobradiças e a fechadura da porta. Um guincho sombrio de animal aterrorizado fez-se ouvir no gabinete. O machado tornou a subir; de novo as almofadas da porta rangeram e os batentes soltaram-se das paredes. Quatro vezes o machado foi arremetido na madeira dura. Os metais, de excelente qualidade. Ao quinto golpe, o fecho quebrou-se e pedaços da porta caíram sobre o tapete.

Os dois homens, assustados com o silêncio repentino, depois do barulhão que fizeram, recuaram para espiar o gabinete, que surgiu diante dos seus olhos sob a luz serena do candeeiro: o fogo crepitante na lareira, uma ou duas gavetas abertas, papéis arrumados na escrivaninha e um aparelho de chá. A chaleira chiava, no fogo. Poder-se-ia dizer que, não fossem as vitrinas cheias de frascos de produtos químicos, aquela seria uma sala tranquila e comum de Londres.

Mas, no chão, jazia o corpo de um homem que se contorcera de dor. Eles se aproximaram na ponta dos pés e o viraram, reconhecendo Edward Hyde, com as roupas grandes demais para ele, roupas do tamanho do Dr. Jekyll. Os músculos da face mantinham uma falsa aparência de vida.

Notando o frasco esmagado na mão, e o cheiro forte de toxina de amêndoas, que pairava no ar, Utterson compreendeu que aquele era o corpo de um suicida.

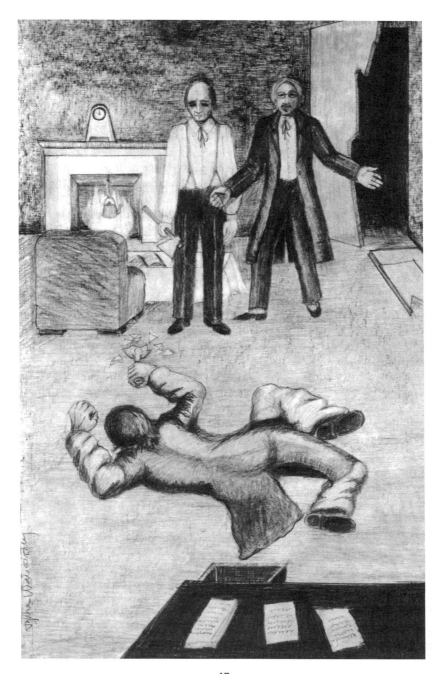

– Chegamos tarde para salvar ou castigar alguém. Agora, falta-nos encontrar o corpo do Dr. Jekyll.

A maior parte da construção era ocupada pelo anfiteatro, com iluminação apenas do teto de vidro, e pelo gabinete, numa espécie de mezanino, com abertura para o pátio. Um corredor ligava o anfiteatro à porta da rua. Havia ainda algumas pequenas dependências escuras e vazias, e um vasto porão, cheio de trastes velhos do cirurgião, o predecessor de Jekyll. Ao abrirem a porta perceberam que seria inútil entrar – teias de aranha selavam a entrada. Não encontraram vestígio de Henry Jekyll, vivo ou morto.

– Pode estar enterrado aqui – disse Poole, procurando algum som que revelasse uma cova, e batia com o pé no chão.

– A menos que tenha fugido – admitiu Utterson, indo examinar a porta da rua.

Trancada. Caída, a chave enferrujada.

– Parece que não teve uso – observou o advogado.

– Uso! – ecoou Poole. – O senhor não vê que está quebrada? Como se alguém a tivesse pisado?

– É – confirmou Utterson. – Toda ela está enferrujada.

Os dois se entreolharam, alarmados.

– Não consigo entender, Poole – disse o advogado. – Voltemos ao gabinete.

Subiram a escada sem falar e, ainda calados, olhando o cadáver de vez em quando, puseram-se a examinar o gabinete. Numa mesa, indícios de experiências químicas: vários montinhos de um pó branco haviam sido postos em lâminas de vidro.

A droga que eu lhe trazia – explicou Poole.

Naquele instante, a água da chaleira ferveu. Eles foram para as poltronas perto da lareira. Havia vários livros numa estante, e um estava aberto ao lado do aparelho de chá. Utterson admirou-se ao ler que se tratava de uma obra religiosa, sempre elogiada por Jekyll, toda anotada, de próprio punho, com terríveis blasfêmias.

Continuando a inspeção, Utterson e o mordomo passaram junto a um espelho giratório, que refletiu os seus semblantes pálidos e o brilho das chamas nas portas de vidro dos armários.

– Este espelho viu muitas coisas macabras, Mr. Utterson – sussurrou Poole.

– O próprio espelho é macabro – ajuntou o advogado, baixinho. – Para que o Dr. Jekyll... – Utterson se interrompeu, sobressaltado. Mas, vencendo a fraqueza, emendou: – Para que ele o usava?

– É mesmo de se perguntar! – exclamou o mordomo.

Em seguida, eles se dirigiram à escrivaninha. Entre os papéis, muito bem arrumados, destacava-se um envelope grande com o nome de Mr. Utterson, escrito com a letra do médico. O advogado abriu-o e vários papéis caíram no chão. O primeiro era um testamento, redigido excentricamente, como o outro que ele enviara há seis meses, de legação de seus bens, em caso de morte ou de desaparecimento. Em vez do nome de Edward Hyde, o advogado leu, com indescritível surpresa, o nome de Gabriel John Utterson. Fixou Poole, depois os papéis e, enfim, o cadáver estendido no tapete.

– Não entendo mais nada. Hyde estava de posse desses documentos há dias. Ele não tinha o menor motivo para gostar de mim; deveria ficar furioso por ter sido preterido e, no entanto, não os destruiu. – Pegou outro papel, um bilhete de Jekyll, datado no alto da folha. – Oh, Poole, ele estava vivo aqui, hoje mesmo. Não é possível que tenham dado sumiço no corpo dele em tão pouco tempo. Com certeza fugiu. Por que e como? Se isso for verdade, não podemos nos arriscar dizendo que Hyde se suicidou. Precisamos ser cautelosos, Poole, para não envolver seu patrão numa terrível catástrofe.

– Por que o senhor não lê o bilhete?

– Porque tenho medo – respondeu o advogado, solenemente. – Tomara Deus seja sem fundamento.

Aproximou o papel dos olhos e leu o seguinte:

"Caro Uttterson,
Quando este estiver em suas mãos, terei desaparecido em circunstâncias que não posso prever. Contudo, meu instinto e inominável situação dizem que o fim se aproxima. Leia primeiro a narrativa que Lanyon me preveniu ter-lhe entregue e, se quiser saber mais, recorra à confissão do

Seu indigno e infeliz amigo,
Henry Jekyll."

— Não há um terceiro documento, Poole?
— Aqui está.

O mordomo lhe entregou um maço lacrado em vários lugares. O advogado guardou-o no bolso.

— Não fale a ninguém sobre isso. Se o seu patrão fugiu, ou morreu, temos, pelo menos, de salvar a sua reputação. Dez horas. Vou para casa ler tudo com calma e volto antes da meia-noite. Mandaremos, então, chamar a polícia.

Os dois homens saíram, trancando a porta do anfiteatro. Utterson deixou o empregado perto do fogo e dirigiu-se ao escritório, para ler os textos em que o mistério seria desvendado.

9

A narrativa do Dr. Lanyon

"Nove de janeiro, ou seja, quatro dias atrás, recebi, pelo correio da tarde, um envelope registrado, remetido de próprio punho, por meu colega e companheiro de escola Henry Jekyll. Fiquei bastante surpreso com isso, porque não nos correspondíamos habitualmente. Eu havia jantado com ele, na noite anterior, e não podia imaginar nada que justificasse a formalidade de registrar uma carta, cujo conteúdo aumentou o meu espanto. Dizia o seguinte:

10 de dezembro de 18...

Caro Lanyon,
*Você é um dos meus mais velhos amigos. Apesar de termos eventuais discordâncias em questões científicas, não me lembro de nenhum estremecimento na nossa afeição. Se em qualquer ocasião você me dissesse: "Jekyll, minha vida, minha honra, minha cabeça e minha sanidade mental dependem de você", eu não hesitaria em sacrificar minha fortuna, ou o que quer que fosse, para ajudá-lo. E eu garanto, Lanyon, minha vida, minha honra e minha sanidade mental estão em suas mãos. Se você me faltar, esta noite, estarei perdido. Depois desse preâmbulo, você deve pensar que vou pedir alguma coisa desonesta. Mas julgue você mesmo. Peço que adie todos os seus compromissos para esta noite... ainda que seja chamado a atender um imperador. Pegue um fiacre, se o seu coche não o estiver esperando na porta, e venha diretamente à minha casa. Traga esta carta junto. Poole, meu mordomo, já recebeu instruções e estará à sua espera com um serralheiro. A porta do meu gabinete deverá ser arrombada para você entrar. Só você. Abra então o armário com a letra E, à esquerda, arrebentando a fechadura, se estiver trancada. Retire, **com tudo o que contém**, a quarta gaveta a partir de cima ou a terceira a contar de baixo. Na extrema angústia que me aflige o espírito, tenho um medo pavoroso de informar você mal. Todavia, se eu estiver errado, poderá reconhecer a gaveta certa pelo conteúdo: alguns pós, um frasco e um caderno. Peço-lhe que leve essa gaveta para a sua casa de Cavendish Square exatamente como a encontrar.*

Essa é a primeira parte do favor. Agora, a segunda. Se você partir logo, estará de volta à sua casa bem antes da meia-noite. No entanto, vou deixar-lhe uma margem de segurança, não somente por temer obstáculos imprevistos que não possam ser evitados de antemão, mas também porque prefiro a hora em que seus empregados dormem para o que falta fazer. Peço, então, que esteja a sós no seu consultório, à meia-noite, para receber, pessoalmente, uma pessoa que se apresentará em meu nome. Entregue a gaveta que você levou. Terá, então, desempenhado o seu papel e toda a minha gratidão. Cinco minutos depois, se insistir em obter explicações, entenderá que esses arranjos são de importância capital e que, negligenciando apenas um deles, por mais fantásticas que possam parecer, você terá em sua consciência o peso da minha morte ou da perda das minhas faculdades mentais.

Estou certo de que você não fará pouco-caso deste apelo – meu coração esmorece e a minha mão treme à simples ideia dessa possibilidade. Pense que, neste momento, estou num lugar estranho, trabalhando numa angústia tão negra que nenhuma imaginação seria capaz de conceber, e consciente de que, se você fizer escrupulosamente o favor que lhe peço, minhas aflições chegarão ao fim, como cai o pano ao final de uma peça. Atenda-me, caro Lanyon, e salve
Seu amigo

H. J.
P. S.: Um novo temor assaltou minha alma, após fechar o envelope. É possível que o correio frustre meus planos e você só receba esta carta amanhã. Se tal ocorrer, caro Lanyon, faça o que lhe peço na hora mais conveniente, durante o dia, e espere o meu mensageiro à meia-noite. Pode vir a ser demasiado tarde, então, e se não acontecer nada, fique sabendo que nunca mais verá Henry Jekyll.

Depois de ler esta carta, convenci-me de que meu colega tinha ficado maluco. Mas enquanto não o comprovasse, irrefutavelmente, senti-me obrigado a fazer o que pedia. Quanto menos eu entendia a confusão, menos estava em condições de julgar sua importância. Além do mais, um apelo naqueles termos não podia ser menosprezado, sem grave risco. Assim sendo, levantei-me da mesa, tomei um cabriolé e fui até a casa de Jekyll. O mordomo me esperava. Ele recebera, também pelo correio da tarde, uma carta registrada, com instruções, e mandara chamar imediatamente um serralheiro e um carpinteiro, que chegaram enquanto eu conversava com Poole. Fomos todos juntos ao velho anfiteatro de anatomia do Dr. Denman, de onde, como você deve saber, é mais fácil subir ao gabinete particular de Jekyll. A porta era bastante sólida; a fechadura, excelente. O carpinteiro confessou que o trabalho seria enorme e que faria muito estrago se tivesse que usar de força. O serralheiro, que estava à beira do desespero, conseguiu, em duas horas, que a porta fosse aberta. O armário com a marca E não estava trancado. Tirei a gaveta, enchi-a de palha, embrulhei-a e voltei para casa. Aqui, examinei seu conteúdo. Os pós foram embrulhados cuidadosamente, mas não com o esmero de um farmacêutico, ficando claro que o próprio Jekyll encarregara-se dos pacotes. Abrindo um deles, deparei com o que me pareceu um simples sal cristalino, de cor branca. Um frasco, que atraiu minha atenção, estava cheio até a metade, de um líquido vermelho-sangue, de cheiro fortemente acre e que parecia conter ainda fósforo e algum éter volátil. Quanto aos outros ingredientes, não pude presumir. No caderno, comum, havia uma série de datas, que cobriam um período de vários anos. Observei que as anotações cessavam há quase doze meses e de maneira bastante abrupta. Aqui e ali, breves observações diante de uma data, em geral uma única palavra, "dupla", talvez seis vezes, num total de várias centenas de anotações. Uma, logo no início da lista, era seguida de vários pontos de exclamação: "fracasso total". Tudo aquilo, embora aguçasse a minha curiosidade, não me elucidava nada. Lá estavam um frasco contendo alguma tintura, um embrulho com sal e o registro de uma série de experiências que, a exemplo de muitas pesquisas de Jekyll, não mostravam nenhum efeito prático. Como a presença de tais artigos em minha casa poderia afetar a honra, a sanidade mental ou a vida do meu extravagante colega? Se o tal mensageiro podia vir aqui, por que não iria diretamente à casa dele? E, inclusive, por que ser recebido em segredo? Quanto mais eu refletia, mais me convencia de que se tratava de doença mental. No entanto, mandei os empregados dormir e carreguei um velho revólver, por precaução.

As doze batidas da meia-noite soaram nos relógios de Londres, quando ouvi alguém bater delicadamente na porta. Fui abrir e dei com um homenzinho agachado.

– O senhor vem de parte do Dr. Jekyll? – perguntei.

Ele respondeu que sim com um gesto constrangido. Convidei-o a entrar. Ele, antes, voltou-se com um olhar escrutador para a escuridão da praça. Um policial, não longe dali, caminhava com a sua lanterna acesa. Ao vê-lo, tive a impressão de que meu visitante estremeceu, e tratou de entrar mais depressa. Confesso que esses detalhes me impressionaram desagradavelmente, e enquanto o seguia, até a claridade do escritório, mantive a mão na arma. Finalmente eu o conhecia, e tive a certeza de que jamais pusera os olhos nele antes. Era pequeno, como já contei. E duas coisas me chamaram a atenção: a expressão revoltante do rosto, em que se combinavam invulgarmente uma grande atividade muscular e uma fraqueza de constituição, e o singular incômodo subjetivo – um calafrio e uma nítida queda de pulsação – que me causava aquela presença. Naquele instante, atribuí a má impressão a alguma aversão minha. Espantava-me a agudeza dos sintomas. O sujeito (que, portanto, desde o primeiro instante produzia em mim o que só posso descrever como uma mistura de curiosidade e repulsa) vestia-se de maneira ridícula. Suas roupas, embora de tecido caro e sóbrio, eram exageradamente grandes, em todas as medidas. As calças sobravam-lhe nas pernas e tinham as bainhas enroladas para não arrastarem no chão; a cintura do casaco caía abaixo dos quadris; o colarinho se escarrapachava nos ombros. É curioso, mas a indumentária grotesca estava longe de me fazer rir. Ao contrário, existia algo de anormal e vil na própria essência da criatura que se achava diante de mim – algo de magnético, espantoso e revoltante. Assim, ao interesse sobre a natureza e o caráter daquele homem acrescentou-se uma curiosidade quanto à origem, à vida, à fortuna e à sua posição mundo.

Essas observações, que tomaram tanto espaço para serem expostas, foram feitas em poucos segundos, pois meu visitante estava aflito.

– Cadê? – gritou. – Cadê?

Tão viva era a sua impaciência que ele até me agarrou o braço e tentou me sacudir. Afastei-o, sentindo, ao seu contato, que o sangue me gelava nas veias.

– Calma, cavalheiro – disse eu. – O senhor esquece que ainda não tive o prazer de conhecê-lo. Sente-se, por favor.

Dei o exemplo, sentando-me na minha poltrona habitual. Tanto quanto permitiam o adiantado da hora, a natureza das minhas preocupações e o horror que sentia pelo meu visitante, procurei comportar-me como se ele fosse um paciente.

– Desculpe, Dr. Lanyon – retorquiu ele, educadamente.
– O senhor tem razão. Minha impaciência superou a minha polidez. Vim aqui a pedido do seu colega, o Dr. Henry Jekyll, por um assunto de certa gravidade. Trata-se...

Ele fez uma pausa, levou a mão à garganta, e pude perceber, apesar da compostura, que ele se debatia contra um iminente ataque histérico.

– Trata-se de... uma gaveta..

Neste ponto, fiquei com pena da ansiedade do meu visitante. Talvez quisesse, também, satisfazer minha curiosidade crescente.

– Ali está, cavalheiro – apontei para a gaveta, no chão, atrás da mesa.

Ele correu, depois deteve-se e levou a mão ao coração.

Pude ouvir seus dentes rangerem com o movimento convulsivo das mandíbulas, e seu rosto tornou-se tão medonho, que temi por sua vida e por sua sanidade mental.

– Componha-se – eu disse.

Ele deu um sorriso horrível e, movido pelo desespero, arrancou o papel que envolvia a gaveta. Vendo o conteúdo, soltou um suspiro de tamanho alívio, que fiquei petrificado. No instante seguinte, numa voz já perfeitamente controlada, perguntou:

– O senhor tem um vidro graduado?

Dei-lhe o que pedia. Agradeceu, acenando com a cabeça e, sorrindo, mediu algumas gotas de tintura vermelha e adicionou um dos pós. A mistura, que inicialmente era avermelhada, à medida que os cristais se dissolviam ficava mais brilhante, a efervescer audivelmente e a soltar pequenas emanações de vapor. De repente, a ebulição cessou e o líquido tornou-se púrpura-escuro, desbotando, lentamente, para um verde-aguado. Meu visitante, que observava essas metamorfoses com um olhar ansioso, sorriu, pôs o vidro na mesa e, então, voltando-se para mim, olhou-me com um ar interrogativo.

– Agora – disse –, acertemos o resto. Quer aprender uma coisa, ou vai permitir que eu saia da sua casa sem dizer mais nada? Será que o demônio da curiosidade atua sobre o senhor? Pense antes de responder, porque farei o que decidir. O sentimento de ter prestado serviço a um homem preso de aflição mortal pode ser considerado uma das riquezas da alma. Se preferir escolher uma nova região do conhecimento, então novos caminhos para a fama e o poder irão se abrir para o senhor, nesta sala e neste instante. E seus olhos vão ver um prodígio capaz de abalar a incredulidade de Satanás.

– Cavalheiro – eu falei, afetando uma falsa calma –, o senhor se expressa por enigmas. Não creio, pois, que se espantará em saber que não acredito no que me diz. Mas fui longe demais nos favores inexplicáveis para deter-me...

– Está bem – replicou meu visitante. – Lembre-se, Lanyon,

do seu juramento: o que vai ver ficará sob o sigilo da nossa profissão. Você, que durante tanto tempo foi prisioneiro dos mais estreitos preconceitos materialistas, que sempre negou as virtudes da medicina transcendental, que debochou dos seus superiores... Veja!

Levou o vidro aos lábios e bebeu de um único trago. Seguiu-se um grito. Ele estremeceu, cambaleou, agarrou-se à mesa, olhos injetados, respirando convulsivamente pela boca aberta. Enquanto eu o olhava, produzia-se a mudança: ele se avolumava, seu rosto tornava-se subitamente escuro, suas feições desfaziam-se, alternavam-se... No momento seguinte, levantei-me de um pulo e recuei, colocando-me à parede; meu braço ergueu-se para me proteger daquele prodígio, minha mente foi tomada de pavor.

– Meu Deus! – gritei, e não parei de gritar. – Meu Deus!

Porque, diante dos meus olhos, pálido, trêmulo, meio desacordado, tateando o espaço à sua frente como um homem que acaba de ressuscitar, estava Henry Jekyll!

Não ouso escrever o que ele me contou, depois. Vi o que vi, ouvi o que ouvi, e chega! Entretanto, neste momento, quando a cena desaparece de meus olhos, pergunto-me se acredito nela e não consigo responder. Minha vida foi completamente abalada. Perdi o sono. O mais horrendo terror toma conta de mim, todas as horas.

Sinto que meus dias estão contados e que devo morrer. Mas morrerei incrédulo. Quanto à torpeza moral que aquele homem me revelou, não posso, apesar das lágrimas de arrependimento, pensar nela sem um arrepio de horror. Só direi uma coisa, Utterson, e será mais que suficiente (se é que você vai me acreditar). A criatura que entrou na minha casa, aquela noite, de acordo com a própria confissão de Jekyll, era conhecida pelo nome de Hyde e perseguida nos quatro cantos do país pelo assassinato de Carew.

Hastie Lanyon."

10
Declaração completa de Henry Jekyll sobre o caso

Nasci em 18..., herdeiro de grande fortuna. Além disso, dotado de talento e, por natureza, inclinado ao trabalho, desejei o respeito das pessoas sábias e boas. Como se pode imaginar, tive todas as garantias de um futuro honrado e brilhante. De fato, o meu pior defeito era a propensão impaciente para as boas coisas da vida, inconciliável com o meu propósito de andar de cabeça erguida e ostentar uma atitude mais séria do que a normal. O que me levou a esconder os prazeres. Quando alcancei a idade da razão e comecei a olhar em torno de mim, a fazer o inventário dos meus progressos e da minha posição social, eu estava comprometido com uma vida dupla. Muita gente, em meu lugar, se vangloriaria das maluquices que eu cometia. Mas, fixado em elevados propósitos, eu as pesava e ocultava com um sentimento quase mórbido de vergonha. Portanto, foi muito mais a natureza rigorosa das minhas aspirações, do que qualquer degradação particular dos meus defeitos, que separou em mim, de modo mais profundo do que para a maioria das pessoas, os lados bom e mau, que dividem e compõem a dualidade da natureza humana. Fui levado a meditar, detida e intensamente, sobre as duras leis impostas pela vida e pela religião, uma das nossas maiores fontes de angústia. Apesar do jogo duplo, nunca fui hipócrita. Ambos os meus lados eram profundamente sinceros. Eu era tão autêntico ao abandonar a austeridade e mergulhar na vergonha, quanto a trabalhar, à luz do dia, pelo progresso do saber ou pelo alívio da dor e do sofrimento. Ainda por cima, meus estudos científicos me conduziam ao místico e ao transcendental, reagiam à consciência de uma eterna guerra entre a ambivalência do meu caráter. A cada dia eu me aproximava, moral e intelectualmente, daquela verdade cuja descoberta parcial me condenara a terrível naufrágio: um homem não é, na verdade, um, mas sim dois. Digo dois porque o estágio do meu conhecimento não vai além desse ponto. Outros continuarão, outros me superarão no mesmo caminho, e aventuro-me a supor que a humanidade será finalmente reconhecida como simples comunidade de pessoas multiformes, contraditórias e independentes. Quanto a mim, devido à minha própria natureza, avancei infalivelmente numa única direção. Foi no lado moral, e em mim mesmo, que aprendi a reconhecer a completa e primitiva dualidade do ser humano. Descobri que, das duas forças em luta no campo da minha consciência, só podia dizer, corretamente, que eu era cada uma delas, e ambas. Desde muito cedo, antes que o desenvolvimento das minhas descobertas científicas começasse a sugerir a possibilidade latente do milagre, eu aprendi a sonhar com a separação dessas forças. Dizia-me que, se cada um pudesse se encerrar em identidades separadas, a vida seria aliviada de tudo o que fosse insuportável. O injusto poderia seguir seu caminho, liberto das aspirações e do remorso do seu gêmeo mais direito; e o justo poderia trilhar, com segurança, seu caminho ascendente, fazendo as coisas que lhe dessem prazer, sem estar exposto à vergonha e à penitência. A maldição da humanidade fazia com que os lados contraditórios estivessem ligados um ao outro, que os gêmeos opostos lutassem continuamente nas entranhas agoniadas da consciência. De que maneira, então, dissociá-los?

    Chegara a esse ponto das minhas reflexões quando, já disse, uma luz começava a iluminar o problema. Na mesa do laboratório, percebi, de forma muito mais profunda do que jamais se afirmou anteriormente, a trêmula imaterialidade, o efêmero deste corpo aparentemente sólido em que andamos vestidos. Descobri que certos reagentes tinham o poder de abalar a indumentária carnal, como o vento é capaz de agitar as cortinas de uma casa. Por duas razões, não vou me aprofundar nesse aspecto científico da minha confissão. Primeiro, por ter aprendido que nunca poderemos nos livrar da sina e do fardo das nossas vidas, e que, ao tentarmos nos desembaraçar deles, tornam a exercer sobre nós uma pressão ainda mais estranha e terrível. Segundo, porque, meu relato vai infelizmente mostrar, minhas descobertas eram incompletas. Basta dizer que eu não somente reconhecia meu corpo natural e a aura e o fulgor de poderes que emanavam do meu espírito, mas também consegui compor uma química, uma droga, graças à qual esses poderes seriam destronados da sua supremacia e substituídos por uma outra aparência, não menos natural, porque trazia a marca dos elementos inferiores da minha alma.

Hesitei muito em submeter essa teoria ao teste prático. Sabia perfeitamente que me arriscava a morrer. Uma droga que controlava e estremecia tão poderosamente a própria força da identidade, podia, ao menor erro de dosagem, ou de escolha do momento de administração, desintegrar totalmente aquele tabernáculo imaterial que eu pretendia alterar. Mas a tentação de uma descoberta tão singular e profunda acabou triunfando sobre as minhas apreensões. Eu já tinha preparado a poção há muito tempo. Comprei imediatamente, de um atacadista de produtos farmacêuticos, uma grande quantidade de determinado sal, que eu sabia ser, graças à minha experiência, o último ingrediente necessário. E, altas horas de uma maldita noite, misturei os elementos, observei-os ferver e fumegar juntos no tubo de ensaio. Quando a ebulição cessou, enchi-me de coragem e engoli a poção.

Senti as dores mais atrozes: os ossos moídos, uma ânsia de vômito terrível e um pavor mental que só devem ser experimentados diante da morte ou do nascimento. Depois, isso passou e voltei a mim como se me recuperasse de uma grave doença. Havia algo diferente nas minhas sensações, algo indescritivelmente novo e, devido à sua própria novidade, incrivelmente agradável. Senti-me mais moço, mais leve e mais feliz, fisicamente. Experimentava uma temeridade embriagadora, percebia uma sequência de imagens sensuais desordenadas desfilando na minha imaginação. Tinha a sensação de me desvencilhar de obrigações e a consciência de uma liberdade desconhecida da alma, e nada inocente. Ao primeiro sopro dessa outra vida, notei que era mais perverso, dez vezes mais perverso e mais escravo da minha maldade original. Naquele momento, a constatação me revigorou e deliciou como um bom copo de vinho. Estendi as mãos, exultando com as sensações, mas, ao fazê-lo, vi que diminuíra de estatura. Naquela época, não havia espelho em minha sala. Este, que está em frente de mim enquanto escrevo, eu trouxe mais tarde, por causa dessas transformações. A noite avançava madrugada adentro – uma madrugada que se preparava para o raiar do dia. Os moradores da minha casa ainda estavam ferrados no sono. Transbordante de esperança e triunfos, decidi me aventurar a ir, na nova forma, até o meu quarto. Atravessei o pátio. Lá em cima, no céu, as constelações espiavam espantadas a primeira criatura daquele tipo que a insone vigilância permitia enxergar. Esgueirei-me pelos corredores, um forasteiro em minha própria casa. Chegando ao quarto, vi, pela primeira vez, a aparência de Edward Hyde.

    Falo aqui, teoricamente, não dizendo o que sei, e sim o suponho ser o mais provável. O lado mau da minha natureza, ao qual dera o poder de se personificar, era menos robusto e menos desenvolvido que o lado bom, que eu acabara de depor. A verdade é que, no decorrer da minha vida – cujos nove décimos foram, afinal de contas, uma vida de esforço, virtude e controle – esse outro lado tinha sido muito menos exercitado, muito menos cansado. Daí, pensava eu, a causa de Edward Hyde ser menor, mais franzido e mais moço do que Henry Jekyll. Do mesmo modo que o bem resplandecia na cara de um, o mal estava escrito aberta e claramente na cara do outro. Aliás, o mal (que ainda sou levado a crer, constitui o lado letal do homem) deixara naquele corpo uma marca de deformidade e podridão. Entretanto, ao olhar aquele ídolo hediondo no espelho, eu não sentia nenhuma repugnância; ao contrário, acolhia-o com prazer. Aquilo também era eu. Parecia natural e humano. Produzia em meus olhos uma imagem mais viva do espírito, mais explícita e indivisível do que o semblante imperfeito e partido que eu me acostumara a ver como meu. No que eu tinha, indubitavelmente, razão. Quando assumia a forma de Edward Hyde, ninguém se aproximava de mim, sem um visível receio do meu físico. Isso, acho eu, se deve ao fato de que as pessoas, geralmente, são uma mistura de mal e de bem; entre todos os seres humanos, só Edward Hyde era puro mal.

Fiquei alguns poucos instantes diante do espelho, pois ainda precisava realizar uma segunda – e conclusiva – experiência. Faltava saber se eu havia perdido irremediavelmente a identidade, o que me obrigaria a fugir, antes do dia clarear, da casa que não mais seria a minha. Voltei depressa ao meu gabinete, preparei mais uma poção e tomei-a, suportando, de novo, as dores da desintegração. Mais uma vez voltei a mim, agora com as características, a estatura e o rosto de Henry Jekyll.

Naquela noite eu tinha chegado a uma encruzilhada fatal. Se abordasse minha descoberta com um espírito mais nobre, corresse o risco da experiência movido por aspirações generosas ou pias, tudo poderia ser diferente. Das agonias do nascimento e da morte sairia um anjo, em vez de um diabo. A droga não possuía uma ação discriminada: não era nem diabólica, nem divina. Ela apenas abria as portas da prisão que encerrava a minha natureza, libertando-a. Naquela época, as minhas virtudes adormeceram; meu vício, mantido desperto pela ambição, estava alerta e apressou-se em aproveitar a ocasião na forma de Edward Hyde. Portanto, embora eu tivesse dois caracteres e duas aparências, um era intensamente mau, enquanto o outro permanecia o velho Henry Jekyll; ambos compunham a mistura contraditória, sem esperança de reforma e transformação. Dirigia-me totalmente para o pior.

Eu não conseguia vencer meu desinteresse pela aridez de uma vida dedicada exclusivamente ao estudo. Tinha vontade de me divertir, e meus prazeres eram indignos. Sendo eu conhecido e altamente considerado, essa incoerência da minha vida tornava-se a cada dia mais incômoda. Sucumbi às tentações do meu novo poder e me tornei seu escravo. Bastava-me tomar um copo da poção para desfazer-me incontinente do corpo do professor, e usar, como se fosse um capote, o de Edward Hyde. A ideia me parecia engraçada e fiz preparativos com o maior cuidado. Aluguei e mobiliei aquela casa do Soho, em que Hyde foi procurado pela polícia, e contratei, para tomar conta dela, uma pessoa que eu sabia ser calada e sem escrúpulos. Avisei aos meus empregados que Mr. Hyde devia ter plena liberdade ali, na minha casa de sempre. Para previnir qualquer contratempo, eu mesmo vim visitar-me sob a forma do meu segundo caráter. Depois, redigi aquele testamento a que você fez tantas objeções, para que, se algo me acontecesse na pele do Dr. Jekyll, eu pudesse assumir a de Edward Hyde sem perda pecuniária. E assim, supostamente garantido, comecei a aproveitar as estranhas imunidades da minha posição.

Antigamente, as pessoas contratavam facínoras para executar seus crimes e salvar-lhes a reputação. Eu era o primeiro a ter o privilégio de aparecer diante do público respeitavelmente e, em segundos, me despir e mergulhar de cabeça no mar da liberdade. Sob aquele manto, a segurança era completa. Imagine, eu nem sequer existia! Bastava-me escapulir pela porta do laboratório para misturar e engolir a bebida que deixava semipronta. O que quer que tivesse feito, Edward Hyde sumiria, como um bafo no espelho. Em seu lugar, sossegado no gabinete de trabalho, estudando à luz de vela até tarde da noite, estaria Henry Jekyll, um homem acima de qualquer suspeita.

Os prazeres que me apressei a buscar, com meu disfarce, eram indignos – repito. Não se poderia empregar termo menos duro. Nas mãos de Edward Hyde, tornavam-se monstruosos. Ao voltar das excursões, eu sentia, frequentemente, uma espécie de espanto, com a depravação do meu duplo. Esse amigo íntimo que eu chamava para sair da minha própria alma e que mandava sozinho procurar os seus prazeres era um ser de baixos e malignos instintos. Suas ações e pensamentos centravam-se em si mesmo; bebia o prazer com avidez bestial e impiedosa. Às vezes, Henry Jekyll se apavorava com as ações de Edward Hyde, mas a situação estava às margens das leis dos homens e

ele relaxava o controle, insidiosamente. Era Hyde, afinal de contas, o culpado. Jekyll, na medida do possível, procuraria desfazer o mal causado pelo outro, para que sua consciência ficasse em paz. Quanto a entrar em detalhes sobre as infâmias em que fui conivente (inclusive agora, não admito tê-las cometido), não o desejo fazer. Tenciono apenas indicar os sinais que me advertiam do castigo próximo. Ocorreu-me um acidente, sem maiores consequências, que vou mencionar. Um ato de crueldade, numa criança, suscitou, contra mim, o ódio de um passante, que reconheci outro dia. Era aquele seu parente. Um médico e a família da criança uniram-se a ele. Houve momentos em que temi pela minha vida. Para aplacar o mais do que justificado ressentimento, Edward Hyde teve que conduzi-los até a porta do laboratório e pagá-los com um cheque de Henry Jekyll. Perigo que foi posteriormente eliminado com a abertura, em outro banco, de uma conta em nome de Edward Hyde! Inclinando minha letra para a esquerda, propiciei-lhe uma assinatura, acreditando assim que escaparia ao meu destino.

Cerca de dois meses antes do assassinato de Sir Carew Danvers, saí para uma das minhas aventuras e voltei tarde, acordando na manhã seguinte com umas sensações anormais. Não adiantava olhar em volta, ver a mobília e as amplas proporções do meu quarto, reconhecer o motivo do cortinado e o desenho da minha cama – algo ainda insistia que eu não estava ali, mas sim no quartinho do Soho, onde dormia o corpo de Edward Hyde. Ri sozinho e tentei, da maneira vagarosa que me caracteriza, analisar os elementos dessa ilusão, recaindo, de vez em quando, em agradável sonolência matinal. Ao despertar, olhei minha mão. Ora, a mão de Henry Jekyll era grande e firme. Mão de médico. Aquela que eu via naquele momento, com nitidez, à luz amarelada de uma manhã londrina, semicerrada sobre a roupa de cama, era descarnada, cheia de nós e coberta de abundantes pelos escuros. A mão de Edward Hyde.

Devo ter olhado para ela quase um minuto, tão aparvalhado fiquei. Pulei da cama, horrorizado, e corri para o espelho. O que meus olhos viram me deu um calafrio. Sim, eu fora para a cama Henry Jekyll e acordara Edward Hyde. Como explicar isso? E, com outro sobressalto de terror: como remediar aquilo? Os empregados estavam acordados e todas as minhas drogas ficaram no gabinete, do outro lado: precisava descer dois lances de escada, atravessar o pátio e o anfiteatro de anatomia. Claro, eu poderia esconder o rosto, mas não a mudança da minha estatura. Lembrei-me, então, com irresistível alívio, que os empregados tinham se acostumado as idas e vindas do meu segundo *eu*. Atravessei a casa. Poole arregalou os olhos e recuou ao ver Mr. Hyde àquela hora e com aquela indumentária enorme. Dez minutos depois, o Dr. Henry Jekyll voltava à sua própria forma e sentava-se, com o cenho franzido, para tomar café, sem apetite.

 Aquele incidente inexplicável, aquela reversão das minhas experiências anteriores, pareciam soletrar a sentença do meu julgamento. Pensei, mais seriamente do que nunca, nas consequências e possibilidades da minha dupla existência. A parte que eu tinha o poder de projetar fora muito exercitada e alimentada ultimamente. O corpo de Edward Hyde crescera e, ao assumir seu formato, o sangue lhe corria mais generosamente nas veias. Entrevi, pois, um perigo, o de que, se aquilo se prolongasse por muito tempo, o equilíbrio da minha natureza poderia ser afetado, e a possibilidade de transformação voluntária desaparecer. O caráter de Edward Hyde se tornaria, irremediavelmente, o meu. A droga atuava de maneira irregular. Uma vez, no início, não produziu o menor efeito. Depois, fui obrigado, em mais de uma oportunidade, a dobrar, com grande perigo, e até a triplicar a dose. À luz do acidente daquela manhã, observei que se, no começo, a dificuldade consistia em perder o corpo de Jekyll, ultimamente eu tinha problemas para me livrar do de Hyde. Tudo indicava que eu perdia lentamente o controle do meu *eu* original, o melhor, incorporando o segundo, o pior.

 Senti que tinha de escolher entre os dois. A memória das minhas duas naturezas era comum, mas todas as outras faculdades dividiam-se desigualmente. Jekyll, múltiplo, ora se deixava dominar pela mais viva apreensão, ora pelo mais ávido prazer. Hyde era indiferente a Jekyll, lembrava-se dele como o bandido da montanha se lembra da caverna onde se esconde de perseguições. Jekyll tinha mais do que o interesse de um pai e Hyde, mais do que a indiferença de um filho. Escolher Jekyll significava morrer para apetites alimentados em segredo; optar por Hyde, morrer para mil interesses e aspirações e tornar-me, de um golpe e para sempre, desrespeitado e sem amigos. Jekyll sofreria terrivelmente com as torturas da abstinência, e Hyde não teria consciência do que perdera. Por mais estranha que fosse a minha situação, o dilema era tão velho e corriqueiro quanto o próprio homem. Muitos estímulos e alarmes decidem a sorte de qualquer pecador. Aconteceu comigo o que sucede à grande maioria dos meus semelhantes. Optei pelo melhor lado e não tive forças para o conservar.

Sim, eu preferia o médico descontente, rodeado de amigos e acalentando honestas esperanças, e dei adeus à liberdade, à relativa juventude, ao andar lépido, à impulsiva vitalidade e aos prazeres secretos de que desfrutava disfarçado de Hyde. Fiz a escolha talvez com alguma reserva inconsciente, porque não devolvi a casa do Soho, nem destruí as roupas de Edward Hyde, que ficaram guardadas no meu gabinete. Durante dois meses fui fiel à minha determinação, levei uma vida de austeridade e gozei as compensações de uma consciência tranquila. No entanto, o tempo apagava temores e os aplausos do meu bom-senso tornaram-se coisa rotineira. Voltei a ser torturado por angústias e desejos, como se Hyde lutasse por sua libertação. E, num momento de fraqueza moral, preparei ainda uma vez a bebida transformadora.

Não creio que um bêbado, refletindo acerca do seu vício, se preocupe com os perigos que a insensibilidade física o faça correr. Do mesmo modo, ao considerar minha situação, não levei em conta a insensibilidade e a insensata propensão para o mal de Edward Hyde. Por causa dessas características é que fui punido. Meu demônio havia ficado preso durante muito tempo. No instante em que tomei a poção, senti uma tendência desbragada e furiosa para o mal. Suponho que esse foi o motivo do desencadeamento na minha alma daquela impaciência diante das cortesias da minha infeliz vítima. Declaro, perante Deus, que nenhum homem, moralmente são, teria cometido um crime por provocação tão ínfima. Eu havia me despojado voluntariamente de todos os instintos equilibradores, graças aos quais o pior dos homens caminha, com certa firmeza, entre as tentações. No meu caso, eu caía sempre, ao mais leve desejo.

Instantaneamente, despertou e grassou em mim um espírito demoníaco. Num arrebatamento de júbilo, espanquei um corpo inerme, deleitando-me com cada golpe. Só ao cansar-me senti, subitamente, no ápice do meu delírio, o coração transpassado por um calafrio de terror. A neblina se dissipava; podia pagar meu crime com a vida. Fugi do cenário desses excessos, eufórico e amendrontado, a volúpia da maldade gratificada e estimulada, meu amor à vida elevado ao mais alto grau. Corri à casa do Soho e, para maior segurança, destruí meus papéis. De lá, saí pelas ruas iluminadas no mesmo estado de espírito dividido, exultante com o meu crime, projetando outros para o futuro, mas apertava o passo, certo de que seria perseguido. Hyde cantarolava ao preparar a bebida e, ao tomá-la, brindou o homem morto. As dores da transformação ainda faziam Henry Jekyll sofrer quando, com lágrimas de gratidão e de remorso, caiu de joelhos e ergueu para Deus as mãos postas. O véu da autoindulgência fora rasgado da cabeça aos pés, e examinei toda a minha existência: segui-a desde a meninice, ao andar de mãos dadas com meu pai, passei pela abnegação do meu trabalho profissional, cheguei com a mesma sensação de irrealidade, aos malditos horrores daquela noite. Tive vontade de gritar. Procurei afogar com lágrimas e preces as imagens e sons hediondos que a memória acumulara contra mim. Por entre as súplicas, a visão atroz da minha iniquidade impunha-se. À medida que esmorecia o remorso, substituía-o um sentimento de alegria. O problema da minha conduta solucionava-se. Doravante, Hyde não ia mais existir. Quisesse ou não, eu estava preso à melhor parte de mim. Ah, como fiquei feliz com isso! Com que complacente humildade abracei as restrições de uma existência normal! Com que sincera renúncia tranquei a porta através da qual eu fui e vim tantas vezes, e pisoteei a chave até quebrá-la.

No dia seguinte, soube que o crime fora testemunhado, a culpabilidade de Hyde estabelecida e que a vítima era um homem sério e estimado. Não se tratava de um simples crime, e sim de trágica loucura. Acho que fiquei contente em saber, porque meus melhores impulsos seriam reforçados e resguardados pelo medo do cadafalso. Jekyll era, agora, o meu refúgio. Se Hyde espiasse para fora um instante, mãos humanas se ergueriam para o agarrar e linchar.

Resolvi redimir o passado com a futura conduta. Posso afirmar, honestamente, que a resolução dera bons frutos. Você mesmo sabe com que dedicação trabalhei, nos últimos meses do ano passado, para aliviar o sofrimento alheio, o que fiz pelo próximo. Os dias transcorreram tranquilamente, quase felizes. Não seria sincero se dissesse que essa vida útil e inocente me aborrecia. Pelo contrário, me agradava cada vez mais. Entretanto, pesava ainda sobre mim a maldição da dualidade. Meu lado mais vil, a que eu dera livre curso durante tanto tempo e que aprisionara tão recentemente, reclamava liberdade. Não que eu pensasse em ressuscitar Hyde: a mais remota ideia ter-me-ia arrepiado de pavor. Não, eu mesmo me sentia tentado a brincar com a consciência. E foi, como qualquer pecador escuso, que finalmente sucumbi à tentação.

Tudo acaba. Tanto um vaso vai à fonte, que um dia se quebra. Essa breve condescendência acabou destruindo meu equilíbrio. O que não me alarmou: a queda seria uma coisa natural, um retorno aos velhos tempos, antes da descoberta. Um límpido e belo dia de janeiro, úmido sob os pés: a neve derretera, nenhuma nuvem no céu. Sentei-me num banco, ao sol, no Regent's Park. O animal que existia em mim rejubilava-se com a lembrança dos erros. O lado espiritual, meio sonolento, prometia penitências não cumpridas. Afinal de contas, eu era igual aos meus semelhantes. E sorri, comparando-me com os outros homens. Comparei minha boa vontade ativa com a preguiçosa negligência deles. O pensamento pretensioso provocou-me vertigens, uma náusea horrível, e fui tomado por um violento tremor que, passando, deixou-me abatido.

Aos poucos, a fraqueza acabou e percebi uma mudança na índole dos meus pensamentos: maior audácia, desprezo pelo perigo, dissolução dos vínculos morais. Baixei os olhos. Minhas roupas sobravam, informes, nos meus membros, que encurtaram. A mão, sobre o meu joelho, estava fibrosa e peluda. Eu era, mais uma vez, Edward Hyde. Respeitado, rico, estimado por todos, a mesa posta na sala de jantar, há um minuto; agora, eu era um animal perseguido pela sociedade, caçado, um assassino conhecido, com a forca à sua espera.

Minha razão vacilou, nem sei por que não me abandonou totalmente. Observava no meu segundo caráter o aguçamento das minhas faculdades. Se Jekyll sucumbia às circunstâncias, Hyde mostrava-se dono da situação. Minhas drogas estavam no gabinete: como pegá-las? A porta do laboratório havia sido fechada. Se tentasse entrar pela casa, meus próprios empregados me mandariam à forca. Eu precisaria de um intermediário, e pensei em Lanyon e na maneira de chegar até ele para persuadi-lo. Supondo-se que eu conseguisse não ser preso na rua, o que faria um visitante desconhecido e desagradável para convencer o célebre médico a assaltar o gabinete do seu colega, o Dr. Jekyll? Restava-me uma parte do meu caráter original: eu podia escrever com a minha letra. Ideia luminosa para alcançar o objetivo.

Arrumei as roupas o melhor que pude, chamei um cabriolé e mandei que me levasse a um hotel em Portland Street. Ao me ver, o cocheiro não pôde esconder o riso. Eu estava, de fato, cômico, por mais trágica a desgraça que aquela indumentária encobrisse. Rangi os dentes para ele, num ímpeto de ira diabólica. O riso logo desapareceu-lhe do rosto. Sorte de ambos, porque eu na certa o teria arrancado da boleia. Ao entrar no hotel, olhei em volta com uma expressão tão feia, que os empregados tremeram. Não trocaram sequer um olhar na minha presença. Obsequiosamente, levaram-me a uma sala reservada e trouxeram-me papel para escrever. Hyde, em perigo de vida, era uma criatura desconhecida para mim: abalado pela cólera incontrolada, estava sedento de maldade e pronto para matar. Criatura astuta, dominou a fúria com força de vontade, escreveu duas cartas importantes – uma para Lanyon, outra para Poole – e, para ter certeza de que seriam postas no correio, ordenou para que fossem registradas.

Depois, ficou o dia inteiro junto da lareira, na sala reservada, roendo as unhas. Ali jantou, sentado sozinho, com seus temores. O garçom tremia visivelmente ao seu olhar. Noite escura, ele saiu encolhido no canto de um cabriolé fechado, e percorreu, a esmo, as ruas da cidade. Aquele filho do inferno não tinha nada de humano; nele não havia senão medo e ódio. Finalmente, achando que o cocheiro poderia suspeitar de algo, dispensou o cabriolé e aventurou-se a andar a pé, em meio de passantes noturnos, vestido com suas roupas desconjuntadas, que chamavam atenção, e com aquelas paixões básicas – medo e ódio – estrondeando dentro dele como uma tempestade.

Caminhava depressa, perseguido por terrores, falando sozinho, contando os minutos que o separavam da meia-noite. Uma mulher dirigiu-lhe a palavra, oferecendo uma caixa de fósforos. Ele deu-lhe um tapa na cara e ela saiu correndo.

Ao voltar a mim, na casa de Lanyon, o pavor do nosso velho amigo talvez tenha me afetado um pouco. Não sei. Mas não era maior que uma gota no oceano, comparado à repugnância com que me lembro daqueles momentos. Operou-se uma mudança em mim. Não era mais o medo da forca, e sim o horror de ser Hyde que me torturava. Recebi a condenação de Lanyon, como se estivesse sonhando, e foi nesse estado que cheguei no meu quarto e me deitei. A prostração do dia me fez dormir um sono profundo que nem mesmo os pesadelos foram capazes de interromper. Acordei abalado, enfraquecido, mas refeito. Odiava e temia o monstro que dormia dentro de mim e, é claro, não havia esquecido os terríveis perigos da véspera. Estava na minha casa, perto das drogas. Salvo.

Eu caminhava vagarosamente, após o café da manhã, sorvendo o ar fresco, quando fui tomado daquelas indescritíveis sensações que prenunciavam a transformação. Quase não tive tempo de refugiar-me no gabinete, antes de ser novamente dominado pelas paixões de Hyde. Bebi uma dose dupla para voltar a mim. Infelizmente, seis horas mais tarde, eu fitava tristemente o fogo na lareira, as dores retornaram e outra vez tive de ingerir a droga. A partir daquele dia, era apenas mediante um enorme esforço e o estímulo urgente da droga, que eu assumia as feições de Jekyll. A qualquer instante, do dia ou da noite, eu poderia sentir aquele tremor premonitório, sobretudo se eu dormisse ou cochilasse na minha poltrona: era sempre como Hyde que eu despertava. O nervosismo provocado por essa maldição constante e a insônia à qual me condenei fizeram com que eu me tornasse uma criatura consumida pela febre, esgotada mental e fisicamente, preocupada com um único problema: o horror do meu outro *eu*. Se eu dormia, ou os efeitos do remédio acabavam, eu era tomado quase sem transição (pois as dores da transformação vinham cada vez menos nítidas) por uma torrente de imagens aterrorizantes – meu espírito inflamava-se de ódios injustificados e meu corpo não parecia suficientemente forte para conter as energias violentas da vida. Os poderes de Hyde cresciam à medida que os de Jekyll se debilitavam. O ódio que os dividia era igual em ambos. Em Jekyll, como instinto vital, pois agora via toda a monstruosidade daquela criatura que compartilhava com ele de alguns fenômenos da consciência. Acima dos laços comuns que constituíam a parte mais pungente do seu desespero, ele considerava Hyde, apesar da energia, alguma coisa diabólica e inorgânica. O chocante era que a lama do fundo do poço parecesse lançar gritos e vozes; que a poeira amorfa gritasse e pecasse. O ódio de Hyde por Jekyll era de ordem diferente. O medo da força levava-o a cometer um suicídio temporário. Ele abominava a necessidade, o desânimo em que Jekyll caíra, a repugnância com que era visto. As peças que ele me pregava: com a minha própria letra escrevia blasfêmias nas páginas dos meus livros, queimava cartas; destruiu o retrato do meu pai. Não fosse o medo da morte, há muito teria me arruinado. Direi mais: eu, que sentia náuseas e ficava transido de medo ao pensar nele, me apiedava ao ver o temor que ele tinha do meu poder de suprimi-lo mediante o suicídio.

É inútil continuar essa descrição. O tempo urge terrivelmente. Ninguém nunca suportou tamanhos tormentos – basta dizer isso. Apesar de tudo, o costume ao sofrimento provocava uma certa dureza de alma, uma certa aceitação do desespero.

Meu castigo poderia continuar por anos a fio, não fosse a última calamidade, que me separava da minha própria fisionomia e natureza. A reserva do sal, que não fora renovada desde a data da primeira experiência, diminuiu. Mandei buscar novo estoque e preparei a bebida. A ebulição ocorreu, e a primeira mudança de cor, mas não a segunda. Bebi e não fez efeito. Poole contará a você o quanto mandei vasculhar Londres. Em vão. Cerca de uma semana se passou. Agora, estou terminando esta declaração sob a influência do resto do velho sal. Esta é, portanto, a última vez, a menos que aconteça um milagre, que Henry Jekyll pode ter seus próprios pensamentos e ver a sua fisionomia (tão alterada!) no espelho. Não posso nem me demorar nestas linhas, pois se a narrativa escapou da destruição, até aqui, foi graças à combinação de prudência e sorte. Se as dores me pegarem no ato de escrever, Hyde a rasgará. Mas se tiver decorrido algum tempo depois de tê-la escrito, seu extraordinário egoísmo e circunscrição ao tempo presente salvarão esta revelação do seu despeito simiesco. Na verdade, a acusação que nos acua já o modificou e esmagou. Daqui a meia hora, ao reassumir para sempre aquela odienta personalidade, sei como me sentarei na minha pobre cadeira, tremendo e chorando, ou andarei de um lado para o outro nesta sala – meu derradeiro refúgio terreno – ouvindo, atentamente, o menor ruído ameaçador. Hyde morrerá no cadafalso, ou encontrará coragem suficiente para libertar-se no último momento? Esta é a verdadeira hora da minha morte. O que suceder depois, diz respeito a outra pessoa, e não a mim. No instante em que pousar a minha pena e lacrar a minha confissão, porei fim à vida do infeliz Henry Jekyll."

QUEM É EDLA VAN STEEN?

Nascida em Santa Catarina, Edla estudou no Colégio Cajuru, em Curitiba. Foi colaboradora em rádio e em jornal, trabalhou em publicidade, fundou uma galeria de arte e chegou a trabalhar como atriz no filme *A garganta do diabo*, o que lhe valeu um prêmio na Europa.

Mas Edla gostava mesmo era de escrever. Publicou vários livros: *Antes do amanhecer* e *Até sempre* (contos), *Memórias do medo* e *Corações mordidos* (romances) e *Viver e escrever* (dois volumes de entrevistas com autores brasileiros). Além disso, organizou as antologias *O conto da mulher brasileira* e *O papel do amor* e traduziu contos da escritora inglesa Katherine Mansfield, reunidos em *Aula de canto*.

Perfeccionista, recomeçava muitas vezes uma história até encontrar o ritmo certo.

A autora faleceu aos 82 anos, em São Paulo.